JACQUES BERNARD

PAR

MARIE GUERRIER DE HAUPT

LAURÉAT DE L'ACADÉMIE FRANÇAISE.

⸺⸺◦◦❖◦◦⸺⸺

H. OUDIN FRÈRES, LIBRAIRES-ÉDITEURS

POITIERS
4, RUE DE L'ÉPERON, 4.

PARIS
68, RUE BONAPARTE, 68.

1877

JACQUES BERNARD

JACQUES BERNARD

PAR

Marie GUERRIER DE HAUPT

LAURÉAT DE L'ACADÉMIE FRANÇAISE.

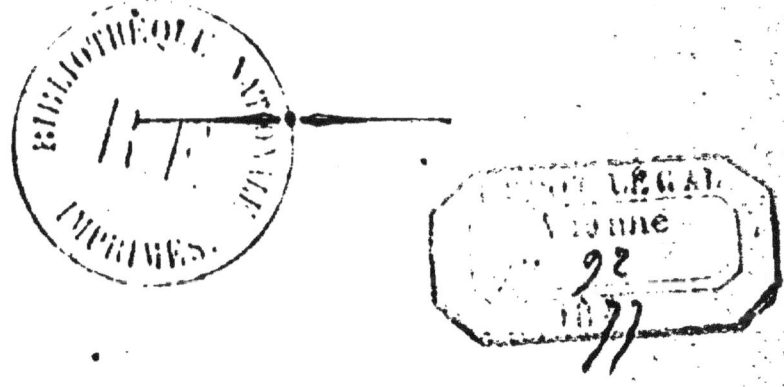

H. OUDIN FRÈRES, LIBRAIRES-ÉDITEURS.

PARIS	POITIERS
RUE BONAPARTE, 68.	RUE DE L'ÉPERON, 4.

1877

JACQUES BERNARD

Par Mario Guerrier de Haupt

LAURÉAT DE L'ACADÉMIE FRANÇAISE

———

PROLOGUE

———

I

L'IDÉE FIXE DE JACQUES. — L'INCENDIE. —
UNE NUIT D'HORREUR.

A l'angle d'une des rues qu'a fait disparaître l'immense voie conduisant à la gare Montparnasse et portant maintenant le nom de rue de Rennes, se trouvait, autrefois, la boutique d'un marchand de vin.

Cette boutique, d'aspect modeste, se distinguait toutefois par une légère différence de celles où l'on débite à tout venant du vin et des liqueurs. Elle possédait, à

1

l'entre-sol, une salle assez élégante, que des glaces à cadre doré, des tables à dessus de marbre et des banquettes recouvertes de velours rouge faisaient presque ressembler à un café.

Nous disons « presque », car l'éclairage était peu en rapport avec ces airs prétentieux ; et des lampes fumeuses, éclairant la salle d'une manière insuffisante, donnaient lieu de regretter la lumière des becs de gaz du rez-de-chaussée.

Telle qu'elle était, cependant, malgré son luxe et ses misères, cette salle était fréquentée par bon nombre d'habitués. Les gens du quartier aimaient à venir le soir y passer une ou deux heures, à y faire la causette avec les amis en prenant un grog ou une demi-tasse, voire même un bol de punch, quand l'occasion s'en présentait.

Mais la clientèle accoutumée de l'entre-sol se composait surtout d'ouvriers typographes, qui venaient là se délasser du labeur de la journée.

Le jour dont nous parlons, le 27 février, il n'y avait plus à l'entre-sol, vers dix heures du soir, que trois individus attablés autour de verres à demi-pleins et de bouteilles à demi-vides, dont le contenu avait sans doute contribué à animer la conversation.

Ces individus pourtant n'étaient pas ivres, loin de là ; rien même dans leur aspect ne révélait des gens habitués à fréquenter les cabarets. Tous portaient le costume d'ouvriers aisés, et leur tenue décente, la convenance de leur langage ne permettaient de voir en eux que trois bons camarades, pour qui le fait de boire un verre de vin était seulement un prétexte, afin de passer quelques instants ensemble.

— C'est singulier, dit l'un ; Jacques n'est pas venu ce soir.

— Bah ! il n'y a encore rien de perdu ! Jacques vient aussi bien à minuit qu'à huit heures, répondit un de ses compagnons. Il est aux trois quarts fou !

— Comment ?... Est-ce que vraiment vous croyez ?... demanda le troisième compagnon en touchant son front d'un geste significatif.

— Laissez donc ! reprit le premier ; c'est

une façon de Jérôme. Jacques n'est pas plus fou que vous et moi. C'est un de nos meilleurs compositeurs d'imprimerie, et j'ai dans l'idée que son air sombre, sa manière de parler sans cesse tout seul, et son goût pour la boisson, viennent d'un grand chagrin.

— Vous ne vous trompez pas, André, dit gravement l'ouvrier qu'on avait appelé Jérôme, et qui paraissait avoir environ trente-cinq ans. Je connais Jacques; nous sommes du même pays et presque du même âge, puisqu'il n'a pas tout à fait cinq ans de moins que moi. Nous avons été élevés ensemble; j'ai plus d'une fois dévalisé le petit verger de ses parents, et plus d'une fois aussi il a partagé notre soupe. Quand nous sommes venus à Paris, nous avons fait notre apprentissage dans la même maison. Jacques avait déjà perdu ses parents. Ma pauvre bonne mère était restée au village, et nous logions tous deux chez une vieille payse, qui nous donnait à dîner, qui prenait soin de nos hardes, mais qui, au besoin, nous sermonnait vertement lorsque, selon elle, nous étions tentés de nous adonner à la paresse. Cette payse avait une fillette bien plus jeune que nous, nommée Jeanne, et que Jacques avait prise en amitié quand elle était encore tout-enfant.

Son plus grand plaisir était de l'amuser en lui fabriquant des jouets qu'il sculptait dans du bois avec son couteau, ou en lui racontant des histoires. De son côté, la petite paraissait l'aimer de tout son cœur; elle était douce, laborieuse, si bien que lorsqu'elle fut d'âge à se marier, Jacques pria la payse de lui donner sa petite amie pour femme.

La payse ne demandait pas mieux, car c'était un brave garçon et un rude travailleur que Jacques, je puis vous l'assurer. Mais elle déclara que le mariage aurait lieu seulement quand le promis aurait économisé une certaine somme, qu'elle fixa comme indispensable à l'établissement du jeune ménage.

Ah! dam, il fallut voir alors comme Jacques se mit à travailler! Depuis qu'il avait perdu ses père et mère, de dignes et honnêtes gens, respectés de tous, c'était son idée fixe, à ce pauvre garçon, d'avoir une famille, une bonne femme comme avait été sa mère, qui prendrait soin du ménage pendant qu'il travaillerait, des enfants qui l'aimeraient et le respecteraient, comme il avait aimé et respecté son père, et qu'il élèverait dans la crainte et l'amour de Dieu, comme lui-même avait été élevé par ses parents.

Ah ! il y allait de tout cœur, ne perdant jamais une heure, se refusant toute distraction, toute dépense inutile, jusqu'à une chope de bière en été, pour amasser plus vite la somme exigée par la payse.

A chaque pièce de cent sous qu'il ajoutait à son magot, il me disait :

« Vois-tu, Jérôme, la masse augmente, et je serai bientôt assez riche pour épouser ma petite promise. Tu verras quel bon ménage nous ferons, comme je la rendrai heureuse, comme nous serons bien d'accord ! Je n'ai jamais vu de querelle entre mon père et ma mère, et je suis sûr qu'il n'y en aura jamais non plus entre ma femme et moi, car Jeanne est une bonne et honnête fille, attachée à ses devoirs. Certainement

une pareille femme est une vraie béné-
diction pour un ménage. »

Quand il se mettait à faire ces beaux
rêves, il en perdait presque la tête. Il se
voyait déjà, dans l'avenir, aïeul et bisaïeul,
faisant sauter sur ses genoux les enfants
de ses enfants. Il entamait de longs discours sur le tort qu'ont la plupart des ouvriers de renoncer à la vie de famille pour
aller courir les cabarets ou les spectacles; il me disait comment il comptait
élever ses enfants, garçons ou filles; il
espérait que son ménage servirait de modèle à beaucoup de camarades, et les ramènerait par le bon exemple au vrai sentiment de leurs devoirs.

— Enfin, pour résumer, il avait la monomanie de la vie de famille, interrompit
André, qui depuis quelques instants déjà
cherchait l'occasion de placer son mot.

— Comme vous dites, fit Jérôme, qui ne
se laissait pas si facilement enlever le dé
de la conversation, et qui reprit presque
aussitôt :

— Jugez de sa folie : comme il était adroit
pour sculpter le bois, il s'était amusé, pen-

dant les moments de loisir qu'il ne voulait passer ni au café ni au cabaret, à sculpter séparément et à réunir ensuite avec
adresse toutes les pièces d'un berceau en
bois, travaillé à jour, vraiment pas trop
mal pour un homme qui n'en fait pas son
état, et qu'il destinait à son premier-né.

Ici, Jérôme s'arrêta, prêtant l'oreille.

— Je crois, dit-il, que j'entends la voix de
Jacques. Il demande à la patronne s'il y a
encore du monde ici.

— Finis au moins l'histoire, réclama
Louis, le troisième compagnon.

— Eh bien donc, reprit Jérôme baissant
la voix, la payse est morte il y a quatre
ans. Or, il y a trois ans, la fiancée de Jacques lui a déclaré un beau jour qu'il ne
devait plus penser à elle, parce qu'un riche maître d'hôtel venait de la demander
en mariage.

Jacques refusa d'abord de croire à une
pareille ingratitude. Il lui apporta son
petit trésor amassé avec tant de peine;
il lui promit qu'il travaillerait plus encore
s'il le fallait, et qu'il la rendrait riche. La
jeune fille fut inflexible. Elle avait la tête

tournée par la fortune de son autre prétendant et par la pensée d'être dame et
maîtresse d'une maison importante, Elle
avoua enfin à Jacques Bernard que sa pa-
role.était donnée au maître d'hôtel, qu'elle
avait déjà reçu des cadeaux de noce et.
que son mariage ne tarderait pas à être
célébré.

En comprenant que tout espoir était
perdu, Jacques faillit devenir fou. Il passait des heures entières devant le berceau
sculpté avec tant de bonheur. Je ne pouvais lui arracher ni une parole, ni une
larme, ce que j'aurais voulu pourtant, car
les pleurs l'auraient soulagé. Enfin, un
matin, il me dit en riant d'un air qui me
fit peur : « Tu ne me reprocheras plus ma
tristesse, Jérôme : je vais à la noce. »

Je compris qu'il allait assister au mariage de celle qui l'avait si indignement
abandonné, et craignant que, poussé par
le désespoir, il ne causât un scandale, je
voulus l'en dissuader. Mais bah ! impossible. Autant aurait valu dire à cette muraille de se reculer. — J'insistai pour l'accompagner ; mais il me déclara que si je le

1*

suivais de près ou de loin, qu'en un mot, s'il m'apercevait, il ne répondait plus de lui.

Il n'y avait qu'à le regarder pour voir qu'il disait vrai ; aussi, de crainte d'amener un malheur, je pris le parti de le laisser libre.

J'étais inquiet pourtant, et, dans l'après-midi, j'allai à l'église pour savoir ce qui s'était passé.

On me dit que le mariage avait été célébré tranquillement et qu'il n'était rien arrivé d'extraordinaire. Mais alors, qu'était devenu Jacques ? car il n'avait reparu ni à l'atelier ni chez lui. Je rôdais dans le quartier, espérant l'apercevoir, lorsque tout à coup, en passant devant un petit restaurant, j'entendis une espèce de chœur chanté par des voix avinées, parmi lesquelles je crus reconnaître celle de Jacques.

J'entrai aussitôt, et, en effet, je trouvai mon malheureux camarade assis à une table, et entouré de cinq à six vauriens qui avaient profité de son désespoir pour l'entraîner.

—Ah ! te voilà ! s'écria-t-il en m'a-
percevant. Viens boire avec nous ! c'est moi
qui régale. Je suis riche, va !

Et Jacques, tirant de sa poche le sac de
toile grise où il serrait ses économies, en
étalait le contenu sur la table.

Je voulus l'emmener, le rappeler à lui-
même ; mais il était déjà ivre et incapable
de me comprendre. Il refusa de me suivre
et m'accabla d'injures. Depuis ce temps
Jacques est devenu tel que vous le connaissez, sombre et taciturne, excepté
quand il a cherché à s'étourdir en buvant.
Alors il parle, il parle sans cesse, et raconte
parfois des histoires à faire dresser les
cheveux sur la tête.

—Pauvre garçon ! dit André ; c'est dur
tout de même d'avoir espéré un ménage,
une famille, et de vivre seul, malheureux
comme lui ! Pourquoi n'a-t-il pas cherché
à se marier avec une autre?

— Parce que, répondit Jérôme, il n'a
plus maintenant confiance en personne,
il ne veut plus croire au bien, et il s'imagine que tout le monde a l'intention de le
tromper. En un mot, il s'abandonne au

désespoir, et cela d'autant plus que les mauvais garçons dont il fait sa société habituelle ont presque entièrement détruit en lui les sentiments religieux qui l'auraient consolé et maintenu dans le bon chemin.

— Onze heures ! Il est temps de rentrer au logis, dit André. Jacques ne viendra pas ce soir.

— J'avais pourtant bien cru l'entendre en bas, reprit Jérôme. Attendez un peu, je vais demander au patron si ce n'est pas lui qui est venu tout à l'heure.

Il allait descendre, quand des pas se firent entendre dans l'escalier tournant conduisant à la boutique, et Jacques entra dans la salle.

Toutes les mains se tendirent vers lui ; mais il répondit à peine à la bienvenue cordiale de ses amis. Jetant avec découragement sa casquette sur une banquette, il s'assit, et, s'accoudant sur la table, il couvrit son front d'une de ses mains, comme si la lumière, pourtant bien inoffensive, des lampes fumeuses eût blessé ses yeux.

C'était un grand garçon, dont la physionomie avait dû être jadis ouverte et intelligente. Mais aujourd'hui le chagrin et l'habitude de boire lui avaient donné un air
d'indifférence hébétée, qui ne disparaissait
parfois que pour faire place à une expression de sauvage énergie, de méchanceté
presque féroce.

Cependant Jacques avait autrefois un caractère d'une douceur extrême ; il était
toujours calme, toujours maître de lui, à
tel point que, malgré sa jeunesse, ses camarades le choisissaient souvent comme
arbitre des différends qui s'élevaient entre
eux.

Ce soir-là, il semblait, s'il est possible,
encore plus sombre qu'à l'ordinaire. Repoussant tout à coup de la main la masse
de cheveux noirs et bouclés qui couvraient
un front largement développé, il demanda
d'une voix rauque :

— Eh bien ! les amis, quoi de nouveau ?

— Rien, dit Jérôme. C'est à toi qu'il faut
le demander, car tu as eu le temps d'apprendre du nouveau depuis que nous sommes ici à t'attendre.

— Ah! oui, c'est vrai, je vous avais donné rendez-vous. Tiens! c'est drôle, je l'avais oublié; à preuve qu'il y a un quart d'heure, j'ai voulu monter ici, et je suis parti, parce que le patron m'a dit qu'il y avait du monde, fit nonchalamment Bernard en se versant un verre de vin.

Les autres ouvriers échangèrent un regard.

— Cette fois, pourtant, tu es monté, reprit Jérôme; tu croyais donc qu'il n'y avait plus personne?

— Non, je n'ai plus pensé à m'en informer. Au fait, pourquoi donc suis-je monté?... Ah! je me souviens! Il y a dans la rue une forte odeur de suie, qui me paraissait venir de la maison d'en face, et je suis monté pour regarder par la fenêtre.

— De l'hôtel d'Ortigny! s'écria Louis courant à la fenêtre; voyons!...

— Bah! Que nous importe? reprit Jacques, se versant une nouvelle rasade. Quand cette maison brûlerait, serait-ce donc un si grand malheur? Le comte d'Ortigny a bien assez d'autres propriétés;

la perte de celle-là ne le mettrait pas dans
la misère...

— Malheureux ! interrompit André avec
indignation : vous oubliez que la famille
du comte habite l'hôtel avec lui ! Pourriez-vous souhaiter du mal à la comtesse,
une excellente dame qui est la providence
des pauvres du quartier; à la petite
Blanche, la fille unique du comte, une
jolie enfant de deux ans, si mignonne que
tout le monde l'aime ?

— Hein ! une petite fille de deux ans?
dit vivement Bernard, qui cessa de boire,
et dont la physionomie changea soudain
d'expression. Vous dites que le comte
d'Ortigny a un enfant de deux ans, et vous
voulez que je m'intéresse à lui ? Ah ! ah !
ah ! la bonne plaisanterie ! Voilà un homme
parfaitement heureux, vivant dans un magnifique hôtel, entouré de toute une
famille, ayant un enfant qui grandit sous
ses yeux, qui lui tend ses petits bras, qui
l'aime ! et moi ! moi, le pauvre imprimeur,
seul, délaissé de tous, sans famille, sans
amis, sans un seul être qui s'inquiète de
mes souffrances, il faut que je m'intéresse

à ce noble seigneur ? En vérité, l'idée est
très-originale !

— Calme-toi, mon ami, dit doucement
Jérôme, voyant que sa tête commençait à
se monter, et essayant d'éloigner la bou-
teille qu'il venait de placer devant lui.

Mais Jacques la lui arracha avec cette
obstination qui accompagne d'ordinaire
l'ivresse, et, riant avec affectation, il reprit,
en s'animant de plus en plus :

— Calme-toi, calme-toi ! Suis-je un enfant pour qu'on me mette des lisières ?
D'ailleurs, je suis de bonne humeur ; allez-
vous m'en faire un crime, vous qui me
reprochez toujours d'être triste comme un
bonnet de nuit ? J'ai rencontré aujourd'hui
une petite fille de deux ans, et qui certainement n'est pas moins mignonne que celle
du comte d'Ortigny. J'aime les enfants,
vous le savez, et c'est cette rencontre qui
m'a réjoui le cœur !

Jacques, en parlant ainsi, avait un air si
étrange que ses amis se rapprochèrent de
lui sans oser l'interrompre, et qu'André
quitta la fenêtre, où, depuis quelques instants, il était resté, observant avec atten-

tion l'hôtel d'Ortigny, situé de l'autre côté de la rue.

— Imagine-toi, reprit Jacques s'adressant plus particulièrement à Jérôme, que j'ai rencontré aujourd'hui Jeanne, tu sais bien, mon ancienne promise, qui m'a trouvé trop pauvre, et qui est maintenant la femme d'un maître d'hôtel assez heureux pour avoir plus d'écus que moi...

— Passons, passons, interrompit Louis; ce que vous avez de mieux à faire est d'oublier toute cette histoire.

— Pourquoi donc ? Si mon histoire vous ennuie, camarade, vous êtes libre de ne pas l'écouter, ceci ne m'empêchera pas de la dire. Je continue : Jeanne tenait par la main une petite fille de deux ans, qui marchait tout doucement, et qui avait des joues roses et une petite mine souriante, et qui me regardait avec ses grands yeux bleus étonnés, d'un air si doux, si doux, que... Tenez, moquez-vous de moi si vous voulez ; mais il m'a semblé que ce petit ange me demandait pardon de la trahison de sa mère ! Les larmes me sont venues aux yeux, je n'ai plus senti dans mon cœur ni colère ni rancune, et je me suis arrêté devant Jeanne en lui disant : « Vous m'avez fait bien du mal, Jeanne; mais je vous pardonne, et j'espère que mon pardon portera bonheur à vous et à votre enfant. »

— Brave cœur ! dit Jérôme attendri, tendant la main à Jacques ; c'est bien, ce que tu as fait là !

— Crois-tu ? fit l'ouvrier en ricanant; Jeanne en a jugé autrement. Au moment où je croyais qu'elle allait me répondre une bonne parole, peut-être me permettre de tenir un instant dans ma main la main mignonne de la pauvre petite créature innocente qui m'avait fait oublier ma colère, elle a poussé un cri comme si elle avait peur de moi, et prenant son enfant dans ses bras, elle s'est sauvée en criant : « Ah ! mon Dieu ! il est fou ! »

— Malheur ! s'écria Jérôme en frappant avec force la table de son poing.

— Pourquoi, malheur? reprit Jacques dont l'ivresse commençait à devenir évidente. Est-ce que le monde devine les bonnes intentions? Je me suis conduit

comme un sot, voilà tout, j'en ris moi-
même quand j'y pense! Ah! ah! ah!
Jeanne avait bien raison de me croire fou;
un fou seul peut se laisser attendrir
comme je l'ai fait! Mais vous voyez que la
rencontre m'a mis de bonne humeur. La
petite fille est, je le gage, plus mignonne
encore que celle du comte d'Ortigny. Ah!
ah! ah! qu'avez-vous donc avec ces mines
lugubres? Allons, faites-moi raison et nar-
guons le chagrin.

— Non, dit gravement Louis en retirant
son verre, nous avons assez bu. D'ailleurs
il est temps de rentrer, si nous voulons
être exacts demain à l'atelier.

— De quoi? l'atelier! je ne m'en soucie
guère! Je n'ai pas de famille à soutenir;
je gagnerai toujours assez pour moi.

— Mais nous avons besoin de travailler,
nous, fit André. Si vous voulez rester ici,
Jacques, vous en êtes libre; quant à moi, je
vous quitte. Qu'est-ce donc? Il y a du bruit
dans la rue... Ah! mais entendez-vous? On
crie : « au feu! » Vous ne vous étiez pas
trompé.

— C'est à l'hôtel! fit Jérôme en ouvrant

précipitamment la fenêtre. Descendons vite, allons porter secours !

— Allez-y si vous voulez; moi, j'ai sommeil, et je dors, répondit Jacques s'installant commodément sur une banquette.

— Jacques! mon ami! cria Jérôme le secouant violemment : des malheureux vont mourir à deux pas de nous; refuseras-tu de les secourir? Une petite fille sera peut-être brûlée! Oh! c'est affreux! Viens !

— Une pauvre petite fille... brûlée? dit Jacques se levant machinalement. Oh! non, il ne faut pas laisser mourir une pauvre petite fille!

Jérôme, croyant qu'il le suivait, descendit rapidement l'escalier pour rejoindre ses amis. Mais Jacques, resté seul, s'approcha lentement de la fenêtre ouverte, tout en répétant à demi-voix :

— Non, il ne faut pas..., il ne faut pas qu'une pauvre petite fille soit brûlée.

Et, se laissant tomber sur une chaise placée auprès de la fenêtre, il se mit à contempler d'un air stupide la scène qui se passait sous ses yeux.

C'était vraiment un spectacle navrant,

L'incendie s'était déclaré dans une grande
cheminée de cuisine, où l'on avait eu l'imprudence d'entasser des fagots pour les
faire sécher dans le foyer encore chaud.
De là il avait gagné les appartements, et
comme on avait à l'hôtel l'habitude de se
retirer de bonne heure, on ne s'était
aperçu du danger qu'au moment où il était
déjà presque impossible d'y remédier.

Un incendie est toujours une épouvantable chose ; mais il semble que la nuit
ajoute encore à l'horreur d'un pareil spectacle. Des cris de détresse se faisaient
entendre de tous côtés, une foule nombreuse remplissait la rue, on essayait
d'organiser des secours, et l'on n'y par-
venait que d'une manière incomplète. De
sinistres langues de flamme, sortant par
les fenêtres du premier étage déjà complétement envahi, léchaient les murs exté-
rieurs et montaient presque jusqu'au se-
cond étage.

On avait dressé des échelles le long de
la façade de l'hôtel, et des hommes courageux avaient risqué leur vie pour tenter
de sauver les malheureux habitants qui

semblaient voués à une mort certaine.

Le comte d'Ortigny, qui s'était endormi dans son cabinet de travail, au rez-de-chaussée, fut trouvé sans connaissance, presque asphyxié par la fumée ; il n'opposa aucune résistance à ses sauveurs. Mais la chambre où la comtesse reposait avec sa petite fille était située au premier étage, plus près du foyer de l'incendie, et le feu avait eu le temps d'y pénétrer pendant les quelques minutes qu'on avait mises à aller chercher les échelles.

Au moment où Jérôme, l'ami de Bernard, gravit les premiers échelons, une femme échevelée apparut à la fenêtre, entourée d'une sorte d'auréole lumineuse et demandant du secours par des gestes désespérés.

En face d'elle, chez le marchand de vin, à la fenêtre de l'entre-sol, éclairée par la lueur de l'incendie, Jacques Bernard ne perdait pas un seul détail de cette horrible scène.

Il était complétement dégrisé; mais une sorte d'exaltation farouche avait succédé chez lui à l'abrutissement de l'ivrese. Ses

mains se crispaient en serrant l'appui de
la fenêtre. Quoique la chaleur suffocante
de l'incendie empourprât ses joues, une
sueur glacée couvrait son front, dont les
veines se gonflaient sous l'effort d'une
pensée incessante, dominatrice, à laquelle
il essayait vainement de résister, et qui,
peu à peu, s'emparait complétement de
son esprit et de sa raison.

Jérôme atteignit le haut de l'échelle, et
voulut aider la femme à descendre ; mais
celle-ci recula soudain et disparut dans la
chambre enflammée, où le courageux ouvrier la suivit sans hésiter.

Jacques, haletant, se penchait en dehors
de la fenêtre, cherchant à revoir les acteurs
de cette scène qu'il ne pouvait comprendre, mais dont les paroles échangées
par les gens qui se trouvaient dans la rue
lui donnèrent bientôt l'explication.

— C'est la comtesse, disait-on ; elle n'a
pas voulu partir sans sa petite fille.

— Où est donc l'enfant ?

— Au fond de la chambre ! Le feu n'y
est pas encore ; mais dans un instant le
mur contre lequel l'échelle est appuyée va

s'écrouler, et il n'y aura plus moyen de descendre.

Un craquement sinistre se fit entendre ; quelques pierres de la muraille se déta-chèrent, et Jérôme reparut à la fenêtre, essayant d'emporter la comtesse, qui se débattait et s'accrochait avec désespoir au montant de la fenêtre...

Soudain elle poussa un cri déchirant. Le feu, en atteignant sa main, venait de lui faire lâcher prise, et son sauveur avait profité de ce moment pour enjamber la fenêtre et commencer à descendre.

Il était à peine à moitié du trajet que l'hôtel parut trembler jusque dans ses fondements. Le pan de muraille ser-vant de point d'appui à l'échelle s'ébranla avec fracas, découvrant aux regards la chambre à demi-brûlée au fond de laquelle on apercevait un berceau d'enfant, que les flammes, poussées par le vent dans une direction opposée, n'avaient pas encore atteint.

— Elle est là !... murmura Jacques pas-sant sa main sur son front. Oh ! c'est hor-rible !... Non, il ne faut pas..., il ne faut pas qu'une pauvre petite fille soit brûlée !

Il se leva et se dirigea vivement vers la porte..., puis il revint à la fenêtre.

La foule s'empressait autour de Jérôme et de la comtesse, tombés d'une hauteur de neuf à dix pieds au moment où le mur s'était écroulé.

La brèche faite à la façade de l'hôtel restait béante ; le feu, rencontrant moins d'obstacles à sa fureur, semblait diminuer d'intensité ; le berceau était toujours intact au fond de cette chambre environnée de flammes et inaccessible à l'homme le plus courageux.

Jacques se pencha encore une fois à la fenêtre, étudiant avec attention ce qui restait debout de la muraille incendiée ; puis, comme s'il eût enfin pris une résolution suprême, il dit d'un ton singulier ce seul mot :

— Allons !

Et, d'un bond franchissant les quelques marches de l'escalier, il s'élança au dehors.

II

LA PETITE BLANCHE. — UNE FAMILLE AU DÉS-
ESPOIR. — MYSTÈRE.

Ni la comtesse ni Jérôme n'avaient été
blessés dans leur chute; mais Mme d'Ortigny s'était évanouie, et elle dut être trans-
portée dans une maison voisine pour y
recevoir les soins que réclamait son état.
Quant à Jérôme, il n'avait été qu'étourdi,
et, au bout de quelques instants, il revint
complétement à lui. Ses premiers mots,
lorsqu'il eut repris connaissance, furent :
— Et l'enfant?
L'écroulement du mur et les soins don-
nés à la comtesse et à son sauveur avaient
tellement occupé tout le monde qu'on
avait momentanément oublié la pauvre
petite créature.
A ces paroles de Jérôme, chacun tourna

les yeux vers la brèche, où, quelques instants plus tôt, une lumière éclatante permettait d'apercevoir le berceau de Blanche d'Ortigny.

Mais le vent avait encore une fois changé de direction. Les efforts faits pour éteindre l'incendie avaient enfin été couronnés de succès, les flammes diminuaient peu à peu, et les lueurs passagères qu'elles jetaient encore de temps en temps faisaient seulement paraître l'obscurité plus profonde. La chambre de la comtesse était envahie par une épaisse fumée, et il était maintenant impossible de distinguer le berceau où l'enfant était restée,

— Mon Dieu ! mais elle doit être étouffée par la fumée ! cria quelqu'un.

— J'ai promis à sa mère de la sauver ! dit Jérôme ; une échelle, des cordes, des crampons ! je vous en conjure, aidez-moi à la retrouver !

Le brave homme perdait la tête de douleur et d'inquiétude à la pensée de cette mère, à qui il avait promis de lui rendre son enfant, et qui le lui réclamerait en vain.

— Ecoutez, lui dit André, dont le visage noirci par la fumée disait clairement qu'il n'était pas demeuré inactif. Ecoutez; je crois que l'enfant est sauvée. J'ai entendu tout à l'heure des coups de hache résonner contre le mur donnant sur le jardin, et près duquel se trouve le berceau; et l'on m'a dit, en effet, qu'un homme était venu chercher une échelle et une hache pour les emporter du côté du jardin.

— En tous cas, l'idée est bonne! fit vivement Jérôme. Nous pouvons essayer d'arriver à la chambre par le mur du jardin, qui n'a pas été brûlé.

Suivi d'André et de plusieurs autres personnes, il se dirigea rapidement vers le jardin.

Une échelle était placée contre le mur de l'hôtel, à l'endroit où se trouvait la chambre de la comtesse. En haut de l'échelle, par une ouverture assez grande pour qu'un homme pût y passer, s'échappait une épaisse fumée, dont les tourbillons obligèrent le brave Jérôme à battre en retraite, lorsque, gravissant les éche-

1...

lons à la hâte, il essaya de pénétrer dans la chambre.

Il ne se découragea pas, cependant; frappant le mur à grands coups de hache, il agrandit assez l'ouverture pour donner à la fumée un large passage et pouvoir enfin poser le pied sur le plancher brûlant de la chambre.

Mais presque aussitôt il revint.

— L'enfant a disparu! s'écria-t-il; le berceau est toujours là; les rideaux n'en sont même pas brûlés; mais la petite fille n'y est plus!

— Peut-être, effrayée par la vue des flammes, a-t-elle quitté son lit? Peut-être est-elle tombée au milieu des décombres? dit André en frissonnant.

—Impossible! On l'aurait aperçue, on aurait entendu ses cris! D'ailleurs, cette ouverture n'a pas été faite par le feu. Quelqu'un nous a devancés ici, et ce quelqu'un a emporté l'enfant. Peut-être est-elle déjà près de sa mère?

On courut s'informer; mais nul n'avait vu la petite Blanche. Madame d'Ortigny, qui reprenait ses sens, demandait sa fille à grands cris. Elle était presque folle de douleur, et les personnes qui l'entouraient essayaient vainement de lui donner un espoir qu'elles-mêmes partageaient à peine.

Le comte voulait à toute force rentrer dans l'hôtel incendié pour retrouver sa fille ou mourir avec elle, et il aurait mis son projet à exécution si Jérôme ne fût accouru annoncer que l'enfant était sauvée, qu'on l'avait enlevée de son berceau, et que bientôt sans doute son sauveur la ramènerait à sa famille.

Quand le jour parut, il éclaira une scène de désolation. L'aile droite de l'hôtel était détruite; des débris fumants, des ruines amoncelées jonchaient le sol. Çà et là un crépitement se faisait entendre, puis une flamme brillait pour s'éteindre aussitôt, dernier soupir de l'incendie arrêté dans sa course terrible, et qui semblait regretter de n'avoir pu accomplir jusqu'au bout son œuvre de destruction.

On enleva avec les soins les plus minutieux tous les décombres, sous lesquels on tremblait de découvrir le cadavre de la malheureuse enfant. La chambre qu'avait habitée la comtesse, et dont une grande partie des meubles étaient détruits, fut explorée jusque dans les moindres recoins. Le comte présidait lui-même aux recherches. Il retrouva le berceau intact, sur lequel était encore la poupée avec laquelle Blanche jouait en s'endormant; il pressa contre ses lèvres le rideau de soie rose que le feu avait épargné; mais l'enfant ne fut pas retrouvée, et ses parents ne purent cependant acquérir la certitude de sa mort.

— Ma fille existe encore! ne cessait de répéter la malheureuse mère; je la retrouverai, on me la ramènera! Elle a été sauvée, et l'homme assez généreux pour exposer ainsi son existence ne peut vouloir me priver de mon enfant.

La disparition de la petite Blanche avait fait grand bruit dans le quartier. Les recherches les plus actives furent ordonnées de tous côtés; la police mit en campagne ses agents les plus habiles, le comte fit insérer dans tous les journaux des annonces, promettant la moitié de sa fortune à celui qui lui donnerait des nouvelles de son enfant. Mais les jours et les semaines s'écoulèrent sans amener aucun résultat. Puis bientôt les indifférents, émus d'abord par cette catastrophe terrible, oublièrent la pauvre mère en deuil qui pleurait son enfant et n'avait pas même la consolation de prier sur sa tombe.

M. et Mme d'Ortigny, ne pouvant se résoudre à quitter l'hôtel où ils avaient vu pour la dernière fois leur chère petite fille, prirent le parti d'habiter l'aile gauche, qui n'avait pas souffert lors de l'incendie, et d'y attendre l'achèvement des travaux de réparation qu'on avait commencés peu de temps après le désastre.

La famille du comte d'Ortigny n'était pas nombreuse. Elle se composait d'une cousine éloignée, portant le nom de baronne d'Ortigny, et qui, depuis son veuvage, habitait l'hôtel avec son fils unique, le petit Paul, charmant enfant de douze ans, que le comte et la comtesse aimaient presque comme s'il eût été le frère de leur petite Blanche.

Il y avait bien une autre veuve, nommée madame de Marville, et cousine du comte au même degré que la baronne. Celle-là aussi avait un fils, Eugène, de deux ou trois ans plus jeune que Paul ; mais elle n'habitait pas l'hôtel d'Ortigny. Quoique ses rapports avec sa famille fussent, en apparence, les meilleurs du monde, M. et Mme d'Ortigny n'éprouvaient que fort peu de sympathie pour elle, car, plus d'une fois déjà, ils avaient pu s'apercevoir que ses manières flatteuses et insinuantes cachaient une nature cupide et profondément dissimulée.

La pauvre comtesse d'Ortigny, une charmante jeune femme de vingt-cinq ans environ, s'efforçait de paraître résignée devant son mari, afin de ne pas augmenter la douleur poignante que lui-même éprouvait. Elle n'avait d'autre amie à qui elle pût ouvrir son cœur et laisser voir toute l'étendue de son chagrin que la mère de Paul. Toutes deux parlaient sans cesse de la petite Blanche ; elles cherchaient à se persuader que l'enfant n'était pas morte et qu'on la retrouverait un jour. Mais lorsqu'elles songeaient à toutes les démarches, à toutes les recherches demeurées sans résultat, ces douces illusions s'envolaient, et les pauvres affligées retombaient dans leur découragement.

— Oh ! si j'étais grand ! s'écria un jour Paul, je me mettrais à la recherche de ma cousine, et je saurais la retrouver !

— Enfant ! répondit tristement la comtesse, quand tu seras grand, ma petite Blanche sera une jeune fille, et tu ne pourras la reconnaître. D'ailleurs, qui nous prouve qu'elle n'est pas à Paris ? Peut-être ma pauvre enfant est-elle tombée entre les mains de misérables qui la maltraitent, qui ne lui apprennent pas à prier ; elle grandira dans l'ignorance de ses devoirs, elle ne connaîtra pas Dieu ! Oh ! c'est horrible ! Une telle pensée est, je crois, plus cruelle encore que la crainte de sa mort.

Cependant l'idée de Paul fut mise à profit. M. d'Ortigny, après avoir exploré lui-même tous les quartiers de Paris, entreprit plusieurs voyages, non-seulement en France, mais à l'étranger, et il finit par se convaincre qu'en effet la petite Blanche avait trouvé la mort dans les flammes.

Mais le cœur d'une mère ne renonce pas si facilement à une lueur d'espoir, quelque faible qu'elle soit. Madame d'Ortigny, quand elle voulait prier pour sa fille morte, ne pouvait s'empêcher de supplier le Seigneur qu'il daignât la lui rendre vivante et ayant conservé toute la candeur de son âme d'enfant.

Les généreux ouvriers qui s'étaient dévoués pour sauver les habitants de l'hôtel incendié n'avaient voulu accepter, de la part du comte, aucun témoignage de reconnaissance. Jérôme ne pouvait se consoler de la disparition de la petite Blanche; il s'en accusait comme s'il eût été coupable, et ses amis essayaient en vain de lui prouver le contraire. Il était devenu sombre, préoccupé, on le voyait fréquenter les restaurants de mauvaise apparence, les cabarets les plus hideux, non pas pour boire, mais pour observer ceux qui s'y trouvaient. Plus d'une fois même il s'attira de mauvaises affaires et se vit traiter d'espion pour avoir pris rapidement des notes sur son carnet, en écoutant la conversation des gens qui se trouvaient près de lui.

Il continuait cependant à être assidu à
son atelier ; et André, son meilleur ami,
attribuant sa tristesse à la disparition sou-
daine de Jacques Bernard, le camarade
d'enfance de Jérôme, résolut de le faire
s'expliquer à ce sujet.

— C'est drôle tout de même, lui dit-il,
deux mois environ après l'incendie de
l'hôtel d'Ortigny ; Jacques Bernard a quitté
l'atelier sans même dire un mot d'adieu
aux camarades. Est-ce qu'il a eu des raisons avec le patron? Vous devez savoir ça,
vous, Jérôme; où travaille-t-il donc
maintenant?

— Je n'en sais pas plus que vous, dit
Jérôme en secouant tristement la tête ;
Jacques ne m'a pas dit adieu non plus ; je
ne l'ai pas revu depuis que... depuis le
jour où... vous savez bien.

— Non, dit André. Moi, la dernière fois
que je l'ai vu c'était le soir où l'hôtel d'Ortigny a brûlé et où Jacques a refusé de venir
nous aider. Il était ivre, je crois.

— Était-il ivre? reprit gravement Jérôme. Je l'ai vu à la fenêtre de l'entre-sol
quand je montais chercher la comtesse, et

sa figure avait alors une expression horrible, que je n'oublierai jamais.

— Comment? que supposez-vous donc?
Est-ce qu'il se serait détruit? Mais non ;
malgré les mauvaises sociétés qu'il fré-
quentait, Jacques avait encore des sentiments religieux ; il n'aurait jamais eu
l'idée d'un pareil crime.

— Je ne crois pas qu'il se soit détruit,
répondit Jérôme. Quant à ses sentiments
religieux, voyez-vous, André, quand une
fois on est entré dans la mauvaise voie, on
y marche vite. Jacques a commencé par
blâmer les paroles de ses amis, puis il en a
ri, puis il les a répétées ; et, dam! quand
on en vient à mal parler des choses respectables, on n'a pas un long chemin à
faire pour arriver à mal agir.

—Cependant, vous venez de le dire vous-
même, vous ne croyez pas que Jacques se
soit détruit! Vous ne le croyez pas capable
de commettre un crime ?

— Je l'ai dit et je le répète, je ne crois
pas que Jacques se soit détruit. Mais,
ajouta Jérôme avec une sorte de solennité,

je n'ai pas dit que je ne le croyais pas capable de commettre un crime.

El, laissant André tout abasourdi par
cette étrange déclaration, l'ouvrier le quitta
sans prendre congé de lui.

CHAPITRE I.

QUATORZE ANS PLUS TARD. — UNE FERME EN ALSACE. — MARIE MULLER.

Quatorze ans s'étaient écoulés depuis les événements dont on a lu le récit dans notre prologue. Plusieurs des personnages que nous avons vus apparaître pendant la nuit fatale de l'incendie étaient morts; d'autres avaient disparu sans qu'il fût possible de retrouver leurs traces, et le souvenir même de l'événement s'était effacé dans la mémoire de ceux qui y avaient assisté. Seule madame d'Ortigny pensait toujours à sa chère petite Blanche, si étrangement disparue ; elle espérait revoir sa fille. Elle priait, et chaque jour, après sa prière, elle répétait :

— Peut-être la reverrai-je aujourd'hui !

Cela durait depuis quatorze ans !

Les amis de la comtesse prétendaient qu'elle était folle. En tous cas, c'était une douce et touchante folie que la sienne, car, en souvenir de l'enfant qu'elle pleurait, la pauvre mère protégeait les enfants qui n'avaient plus de mère. Elle les soignait au nom de Blanche, et quand elle avait pu adoucir les souffrances de quelqu'un d'entre eux, elle était plus tranquille sur le sort de sa fille ; il lui semblait être venue en aide aux souffrances de Blanche.

Pour la malheureuse mère, Blanche souffrait peut-être; mais elle n'était pas morte, elle ne pouvait pas être morte.

— Je sens qu'elle existe! disait parfois la comtesse avec une naïveté sublime. Une voix mystérieuse me répète que je la reverrai en ce monde. Si Blanche était morte, la voix cesserait de se faire entendre.

Madame d'Ortigny, dont tous les moments étaient consacrés à la prière, aux bonnes œuvres et au souvenir de sa fille, s'inquiétait fort peu, on le comprend, de ce qui se passait autour d'elle.

Cependant jamais Paris n'avait été plus animé qu'alors.

On était en 1867. Non-seulement l'Exposition, mais encore et surtout la foule de curieux accourus de toutes les parties du monde pour être à la fois spectateurs et acteurs de cette représentation inouïe, sans précédents, offrait un coup d'œil assez original et assez intéressant pour ne pas être dédaigné.

Il fallait là profonde tristesse de la pauvre mère et l'idée fixe qui l'absorbait entièrement pour la rendre insensible à un fait, important sans doute au point de vue de l'amour-propre national, mais plus important encore par les progrès qu'il devait amener dans les arts, l'industrie et le commerce des peuples civilisés.

Du moment où une passion, quelle qu'elle soit, s'empare de nous au point de nous absorber complétement, elle a nécessairement pour effet de nous rendre indifférent, ou même importun tout ce qui paraît devoir nous distraire de notre préoccupation favorite.

Même parmi les voyageurs accourus à

Paris exprès pour visiter l'Exposition, combien n'y en avait-il pas dont l'esprit, occupé d'intérêts d'un autre ordre, n'accordait qu'une faible dose d'attention au spectacle qu'ils étaient venus chercher? Combien n'y en avait-il pas qui, fatigués outre mesure par la vue de tant de merveilles et de chefs-d'œuvre rassemblés sur un même point, se hâtaient de regagner la retraite où ils étaient heureux de retrouver le calme et de se reposer loin des splendeurs dont leurs yeux étaient encore éblouis ?

Ces réflexions nous sont inspirées par l'air de satisfaction non équivoque d'un voyageur qui, au mois de septembre de cette même année, descendait à Schelestadt, du train venant de Paris.

Ce voyageur, qui avait l'apparence d'un commerçant ou d'un bourgeois aisé, était accompagné d'une jeune fille de seize à dix-huit ans, dont l'air de dignité modeste commandait le respect, en même temps que l'expression d'angélique douceur de son gracieux visage attirait toutes les sympathies.

Le voyageur, qu'elle nommait son père, l'entourait des soins les plus tendres. Dans son inquiète sollicitude, il ne cessait de questionner sa fille pour savoir si elle avait froid, si elle était fatiguée ou souffrante, si elle voulait se reposer à Schelestadt avant de continuer son voyage?

A toutes ces questions la jeune fille répondait, avec une patience inaltérable, qu'elle était parfaitement bien, que son père pouvait être tranquille sur son compte, et qu'elle désirait seulement arriver à la ferme le plus tôt possible.

— Ah! ah! vous voilà déjà de retour, monsieur Muller! s'écria le chef de la gare, pendant que le voyageur aidait sa jeune compagne à descendre de wagon et à s'envelopper de son manteau. Avez-vous bien admiré l'Exposition? Comme mademoiselle Marie est fraîche! On dit cependant que l'air de Paris ne vaut rien.

— On a bien raison! fit brusquement M. Muller. L'air de Paris ne vaut rien pour les jeunes filles, et nous aurions beaucoup mieux fait de ne pas quitter la ferme! Allons, Marie, es-tu prête? Nous allons

3*

monter dans l'omnibus qui passe sur la route à deux pas de chez nous.

Un instant après, l'omnibus s'éloignait, emmenant les voyageurs et leurs bagages, et le chef de gare disait en riant à l'un de ses employés :

— Ce pauvre Muller! depuis deux ans qu'il a retiré sa fille du couvent où elle a été élevée à Strasbourg, il vit dans des transes continuelles. Dès qu'on lui parle de sa petite Marie, il s'imagine qu'on pense à demander sa main, et il vous regarde de travers.

— Ce n'est pas beau de sa part, fit sentencieusement l'employé : un bon père doit songer à l'avenir de ses enfants et ne pas les aimer pour lui seul.

— Ah! quant à être bon père, on ne peut reprocher à Jean Muller de n'avoir pas rempli son devoir envers son enfant. Il a fait élever sa fille comme une grande dame, il ne lui refuse rien. S'il est avare, s'il se prive de tout, c'est pour elle, pour avoir le moyen de satisfaire ses fantaisies.

— Quel original ! Bah ! ce sont ses affaires !

Les employés du chemin de fer parlèrent d'autre chose, et les voyageurs dont ils venaient de s'entretenir arrivèrent bientôt à leur destination.

Le mot « original » était bien en effet celui qui convenait pour qualifier Jean Muller. On ne pouvait pas dire qu'il y eût dans sa conduite rien de mystérieux, et cependant sa manière de vivre n'était pas absolument celle de tout le monde.

Il habitait depuis environ dix ans une petite ferme, dont l'achat avait été cause de son premier voyage dans le pays. A cette époque, le propriétaire de la ferme étant mort, ses héritiers avaient annoncé par la voie des journaux la vente de son bien: Muller avait vu l'annonce; il était venu visiter la propriété, qu'il avait achetée et payée comptant, et dans laquelle il s'était installé tout d'abord. On prétendait qu'il avait auparavant habité l'Allemagne. Cependant Muller était Français, et quoiqu'il parlât aussi bien l'allemand que si c'eût été sa langue maternelle, il expri-

mait, chaque fois qu'il était question de
son pays, les sentiments d'un vrai Français, pour qui l'amour de la patrie n'est
pas un vain mot.

Muller était veuf. Sa femme, disait-il,
était morte plusieurs années auparavant,
lui laissant une enfant en bas âge, la petite
Marie, qu'il faisait élever dans un couvent
à Strasbourg, mais qui, chaque année, venait à Pâques et aux vacances passer quelque temps à la ferme, auprès de son
père.

Dans ces occasions, Jean Muller laissait
de côté l'air grave et sombre qui lui était
habituel. Il se faisait enfant pour égayer
l'enfant; il jouait avec elle et s'efforçait de
deviner ses moindres désirs. En un mot, il
la gâtait au point de la rendre insupportable, si la petite n'eût été douée d'une de
ces belles et généreuses natures, assez riches elles-mêmes en sentiments affectueux
pour rendre avec usure tous ceux qu'on
leur témoigne, et trop nobles pour être jamais atteintes par la lèpre hideuse de l'é-
goïsme et de l'ingratitude.

Plus Marie grandissait, mieux elle com-

prenait toute la bonté, tout le dévouement
de son père pour elle; plus elle s'efforçait
de lui en témoigner sa reconnaissance par
ses soins, son respect et sa tendresse filiale. Lui, de son côté, tâchait par ses conseils d'inspirer à l'enfant le sentiment du
devoir. Il ne lui parlait pas seulement du
devoir considéré au point de vue de la société, de ce devoir mesquin, qui n'est, à
vrai dire, qu'une sorte d'assurance mu-
tuelle grâce à laquelle la sécurité de tous
est sauvegardée par la sécurité de chacun;
mais du devoir dans toute la grande et sublime acception de ce mot, du devoir imposé par le Créateur à toutes ses créatures,
afin que chacune d'elles concoure, dans la
mesure qui lui est propre, à l'œuvre de la
sagesse et de la miséricorde divines, qui a
pour objet, non le bien-être matériel d'un
petit nombre d'individus, mais le bonheur
du monde entier. Marie était capable de
comprendre ces conseils et d'en profiter.
Aussi quand, à quinze ans, elle revint à la
ferme pour ne plus la quitter, sa société
fut-elle un vrai bonheur pour le pauvre
Muller, habitué à vivre dans l'isolement le

plus complet, tout occupé qu'il était de faire valoir son bien, et n'ayant de rapports qu'avec les travailleurs employés à la culture de ses terres.

Marie avait reçu une éducation brillante, trop brillante même pour sa position. Elle était peintre, musicienne, et son père, en admiration devant elle, ne comptait nullement lui imposer la tâche d'une fermière. Mais la jeune fille ne l'entendait pas ainsi : elle s'était résolûment mise à la tête du ménage, et Jean Muller, malgré sa résistance, avait dû finir par reconnaître que les choses n'en allaient pas moins bien, au contraire. Un seul nuage troublait parfois le bonheur du père et de la fille. Muller était jaloux ; son affection paternelle n'admettait pas de partage, et c'était au point que lui, bon jusqu'à la faiblesse pour Marie, s'oubliait au point de lui parler durement dès qu'il ne la croyait plus uniquement occupée de lui.

Il ne lui avait permis de conserver aucune relation avec ses amies du couvent, ni même avec les Religieuses qui l'avaient élevée et à qui la pauvre orpheline avait voué un peu de l'affection qu'elle aurait été si heureuse de témoigner à sa mère.

Enfin, chose presque incroyable, il était défendu à Marie de parler de sa mère, qu'elle n'avait pas connue, mais dont elle aurait voulu du moins s'entretenir avec son père.

— Est-ce que je ne t'aime pas assez? Est-ce que tu es malheureuse auprès de moi? lui avait dit brusquement Muller, un jour que, pour la centième fois peut-être, Marie lui demandait comment était sa mère et si elle lui ressemblait.

— Non, père, je suis heureuse avec toi, avait répondu la petite toute tremblante. Mais... j'aurais tant voulu connaître ma mère!... Si tu me disais comment elle était, je serais heureuse. Je m'imagine parfois que je lui ressemble...

A ces paroles, Muller était entré dans une colère effroyable, et son visage avait pris une expression menaçante que Marie ne lui avait jamais vue.

— Tu ne ressembles pas du tout à ta mère! s'était-il écrié; je te défends de jamais me parler d'elle!

Depuis lors, la pauvre enfant terrifiée n'avait plus osé revenir sur ce sujet. Attribuant la violence de Muller à un excès d'affection, elle le plaignait au fond du cœur et mettait tous ses soins à ne pas exciter sa susceptibilité.

Après le voyage fait pour satisfaire au désir de Marie, un changement notable s'opéra dans la manière d'être des habitants de la ferme.

Pendant leur séjour à Paris, Muller avait remarqué que sa fille, habituellement vive et gaie, était tout à coup devenue rêveuse et préoccupée. C'est alors qu'il l'avait emmenée en toute hâte.

Mais en reprenant à la ferme ses travaux accoutumés, la jeune fille ne retrouva pas sa gaieté d'autrefois, et elle cessa de prendre intérêt aux occupations qui lui plaisaient naguère.

Aux questions de son père, inquiet de sa santé, elle répondait invariablement :

— Je n'ai rien, père ; je suis heureuse.

Mais peu à peu les relations du père et de la fille se refroidirent. Leurs longues causeries firent place à quelques phrases banales échangées comme pour remplir un devoir de convenance. Leur affection l'un pour l'autre était sans doute toujours la même ; mais la confiance qui faisait leur bonheur avait cessé d'exister. Marie, jadis si franche, si expansive, paraissait maintenant avoir un secret qu'elle ne pouvait ou ne voulait pas révéler à son père.

— D'où vient ce changement? se demandait le pauvre Muller. Qui a-t-elle pu voir à Paris? Elle n'est jamais sortie sans moi ; je l'accompagnais à l'église, à la promenade, partout.

Incapable de dominer son inquiétude, le malheureux en vint à espionner sa fille.

Pendant les premières semaines qui suivirent leur retour, Marie passa tous ses instants de loisir dans un petit atelier de peinture que son père avait arrangé lui-même ; puis soudain elle abandonna ses pinceaux pour son piano, se montrant alternativement d'une tristesse morne ou d'une gaieté bruyante et fiévreuse, improvisant de douces et plaintives mélodies, ou fredonnant des airs populaires entendus pendant son voyage.

Mais de temps en temps elle allait encore s'enfermer dans l'atelier; elle y passait un quart d'heure ou une demi-heure, puis elle revenait, le sourire aux lèvres, les yeux humides de larmes, et se montrait envers son père plus dévouée, plus affectueuse que jamais.

Plusieurs fois Muller, en son absence, visita l'atelier. Il y vit des cartons pleins de croquis, quelques ébauches suspendues aux murailles, un portrait de lui, fait par Marie l'année précédente; m᠁ trouva rien qui pût lui faire deviner d'où venait la préoccupation de son enfant, d'où venait l'incurable ennui auquel elle était en proie depuis leur retour à la ferme.

CHAPITRE II.

LA FOLLE. — DEUX FILS DE FAMILLE.

— Avez-vous entendu ce qu'a dit son fils?

— Ce n'est pas son fils, c'est son parent ; il l'appelle ma tante. Ce pauvre monsieur, il avait l'air tout chagriné ; vous conviendrez qu'il y a de quoi.

— Une si bonne dame! et qui faisait du bien aux pauvres! On m'avait dit souvent qu'elle était folle, mais je ne voulais pas le croire. Maintenant il n'y a plus à en douter. Ce que c'est que de nous, pourtant! Elle a poussé un cri terrible quand on l'a emmenée,

Ce dialogue avait lieu, devant la porte de l'église de Notre-Dame des Victoires, entre deux mendiantes qui de leurs places n'avaient pu voir qu'imparfaitement ce qui s'était passé.

La personne dont elles parlaient et qui venait souvent prier à l'église de Notre-Dame des Victoires, où on la désignait seulement sous le nom de la dame en deuil, n'était autre que madame d'Ortigny.

La ferveur avec laquelle elle priait, les aumônes abondantes qu'elle distribuait avaient attiré sur elle l'attention des gens employés au service de l'église. Quelques malveillants avaient bien avancé l'opinion que peut-être elle ne jouissait pas de toute sa raison; mais comme rien dans sa conduite ne justifiait ces propos, on n'y avait pas attaché d'importance. Madame d'Ortigny, veuve depuis plusieurs années, habitait l'hôtel du faubourg Saint-Germain qui avait été restauré après l'incendie; Paul d'Ortigny, qui avait eu le malheur de perdre sa mère, y demeurait aussi, avec madame de Marville et son fils Eugène.

La comtesse avait reporté sur Paul l'affection qu'elle avait eue pour sa mère; et ceci au grand déplaisir de madame de Marville, qui rêvait pour Eugène la fortune tout entière de la famille d'Ortigny. Cette dernière n'épargnait ni les flatteries ni les prévenances pour s'emparer de l'esprit un peu faible de sa cousine ; mais toutes ces manœuvres venaient échouer devant la loyauté de Paul et l'affection toute filiale et vraiment désintéressée qu'il portait à sa tante ; c'était le nom qu'il donnait à madame d'Ortigny, quoiqu'elle ne fût, en réalité, que sa cousine.

Eugène, très-ambitieux des jouissances que procure la fortune, était tout disposé à seconder les vues de sa mère. Malheureusement il avait été élevé d'après certains principes modernes, qui consistent surtout à ne se gêner pour rien ni pour personne. Les conseils de sa mère étaient donc parfaitement accueillis par lui tant qu'ils se trouvaient d'accord avec ses volontés ; quand il en était autrement, il répondait, tout en roulant une cigarette :

— Désolé, chère mère, de n'être pas d'accord avec toi ; mais, à mon âge, je dois être maître de mes actions, et je n'ai pas envie, dans l'espoir d'une fortune qui ne sera peut-être jamais à moi, de me condamner à l'existence idiote que mène mon estimable cousin Paul.

Cela dit, Eugène, qui ne voulait pas se condamner à une existence idiote, s'en allait passer des heures entières à l'écurie avec les palefreniers, engourdir son intelligence par l'abus de l'absinthe et du tabac, ou perdre au jeu, en une nuit, le revenu d'un mois entier, pour avoir le plaisir, le lendemain, de dire à ses amis du boulevard, en bâillant à se démancher la mâchoire :

— Ah ! cher, que nous nous sommes donc amusés cette nuit ! Le petit « chose » a perdu son dernier sou ! Moi, j'ai perdu quelques centaines de louis : une bagatelle ; mais peu m'importe, nous nous sommes bien amusés !

Pendant ce temps Paul consacrait à l'étude et à des relations honorables les instants qu'il ne donnait pas à sa tante. Reçu et fêté dans le petit nombre de salons où se conservent encore les traditions de la vraie et bonne société française, il devenait un charmant cavalier. Causeur aimable, sans fatuité comme sans pédan-

tisme, il était assez homme du monde pour
se plier à ses exigences, assez supérieur
aux préjugés mesquins du vulgaire pour ne
jamais se laisser entraîner, par la crainte
du ridicule, à suivre l'exemple de gens
dont il ne pouvait approuver la conduite.

Dans l'attitude des deux cousins vis-à-
vis de madame d'Ortigny se trouvait la
même différence que dans leur caractère et leur manière de vivre. Paul, toujours affectueux pour sa tante, ne flattait
pas cependant l'idée fixe qu'elle avait de
retrouver sa fille. Il s'efforçait, au contraire, de la ramener doucement au sentiment de la triste réalité, tout en excusant
aux yeux des personnes étrangères cette
sorte de monomanie, et en répétant lui-
même qu'on n'avait, au bout du compte,
aucune preuve certaine de la mort de la
petite Blanche.

Eugène, au contraire, évitait de jamais
contredire la comtesse ; mais il lui témoignait cette sorte de condescendance dont
on use envers un enfant privé de raison ;
et, de même que sa mère, il exprimait,
en présence des étrangers, une douleur

hypocrite du triste état où sa chère parente était réduite. Telle était sans doute la cause première qui avait fait considérer madame d'Ortigny comme folle par certaines personnes.

Or, le jour où nous retrouvons la comtesse, voici ce qui était arrivé :

Madame d'Ortigny, après avoir assisté à la messe, était allée, selon son habitude, s'agenouiller devant l'autel. Mais, loin de prier avec son recueillement ordinaire, elle paraissait distraite et en proie à une sorte d'agitation fébrile. Ses regards se fixaient avec une attention singulière sur le visage de toutes les femmes, surtout des jeunes filles, qui s'agenouillaient devant la Madone. Enfin, incapable de maîtriser son émotion, elle s'adressa à une loueuse de chaises, et lui demanda :

— Pourriez-vous me dire si la jeune fille en robe bleue qui priait chaque jour ici est venue aujourd'hui ?

— Je n'en sais rien, madame, répondit la loueuse de chaises ; il vient tant de monde ; je n'ai jamais remarqué la personne dont vous parlez.

— Oh ! si, vous devez l'avoir remarquée !
Elle n'est pas comme tout le monde, celle-
là ! A l'expression de son visage on croirait voir un ange descendu sur la terre.
Voilà plusieurs jours qu'elle n'est venue ;
je voudrais savoir si elle est malade. Faites
en sorte de me le dire, je vous récompen-
serai généreusement.

Elle parlait avec une grande animation.
La loueuse de chaises, se rappelant les
bruits de folie qui avaient couru sur son
compte, alla prévenir à la sacristie que la
dame en deuil était moins calme qu'à l'ordinaire. Eugène de Marville, qui allait rarement à l'église, vint justement ce jour-là
y rejoindre sa tante, au moment même où
celle-ci s'efforçait de décrire à deux ou
trois personnes, amenées par la loueuse
de chaises, les traits et le costume de la
jeune fille dont elle voulait avoir des nouvelles.

— Te voilà, Eugène, lui dit-elle ; je suis
contente de te voir. Cependant Paul m'aurait été d'un plus grand secours que toi. Il
vient souvent ici ; peut-être a-t-il vu la personne dont je parle.

— Ce que demande madame est bien difficile, dit un sacristain s'adressant à Eugène comme pour s'excuser ; en ce moment surtout où il y a tant d'étrangers à Paris, on ne peut guère retrouver quelqu'un avec si peu de renseignements. Une jeune fille blonde, avec une robe bleue, ça ne dit rien.

— Ah ! fit Eugène d'un ton singulier ; il s'agit d'une jeune fille ? Je comprends maintenant. Je sais de qui vous voulez parler, ma bonne tante, reprit-il en faisant un signe d'intelligence aux personnes qui se trouvaient là. Venez avec moi, je crois pouvoir vous donner tous les renseignements que vous désirez.

— Toi ! reprit vivement madame d'Ortigny dont le pâle visage s'anima d'un radieux sourire ; tu la connais, tu sais qui elle est ?

— Oui ma bonne tante ; oui, je la connais ; comment ne pas la remarquer ? Est-ce qu'elle ressemble aux autres jeunes filles ?

— Oh ! tu as raison, elle ne leur ressemble pas ! Je vois que tu la connais. Mais, dis-moi, Eugène, est-ce que tu n'as pas eu la même pensée que moi? Est-ce que tu ne crois pas...?

— Monsieur, dit le sacristain au jeune homme, ayez la bonté d'emmener madame votre tante; cette scène fait du scandale et trouble les personnes qui prient.

— Allons, venez, ma bonne tante, dit Eugène en poussant un profond soupir. Venez avec moi, je vous dirai où est la jeune fille que vous cherchez.

Madame d'Ortigny le regarda fixement, et une expression de méfiance parut dans ses grands yeux.

— Tu ne me trompes pas? demanda-t-elle. Je vais dire encore une prière, et nous partirons.

— Non, ma tante, il faut partir tout de suite. Demain vous reviendrez prier, dit Eugène la prenant doucement par le bras et cherchant à l'entraîner.

— Non ! reprit-elle en le repoussant avec une impatience fiévreuse. Je t'ai dit que je veux prier. Une mère qui va retrouver sa fille a bien le droit de rendre grâce au Seigneur, peut-être !

Elle avait élevé la voix, et cette scène

faisait en effet scandale. Personne devant l'autel ne priait plus, mais tous les regards étaient fixés avec une expression de tristesse et de sympathie sur la malheureuse mère et sur le jeune homme qui lui prodiguait des soins si affectueux.

— Pauvre dame! murmura quelqu'un; il faudrait appeler un médecin. C'est la folie qui se déclare tout à fait.

Ces mots parvinrent aux oreilles de madame d'Ortigny, qui venait de s'agenouiller pour prier. Elle se releva soudain, et, se tournant vers les assistants, effrayés de l'égarement peint sur ses traits, elle s'écria, cette fois, avec l'énergie sauvage d'une véritable démence :

— La folie! On me croit folle! Folle, parce que je demande des nouvelles de ma fille, de ma fille qui s'est agenouillée plusieurs fois là à côté de moi; qui m'a donné une image en souvenir d'elle! Ah! ah! ah! je suis folle! Mais c'est vous tous qui êtes fous, puisque vous ne me comprenez pas! Je vous dis que Blanche est retrouvée, que je l'ai vue! Je vous dis...

Sa voix s'éteignit dans un sanglot déchirant, et la malheureuse femme, en proie à une épouvantable crise nerveuse, serait tombée si Eugène ne l'eût retenue.

Aidé de quelques personnes, il la transporta dans une voiture et la ramena chez elle, où le médecin de la famille, appelé en toute hâte, lui donna les soins que réclamait son état.

— La situation est grave, dit madame de Marville à Eugène quand elle apprit ce qui s'était passé. Le tout est de savoir en tirer parti. Si sa folie était notoire, les dispositions qu'elle aurait pu prendre en faveur de Paul se trouveraient de droit annulées

Pendant que la mère et le fils tenaient conseil, Paul s'était rendu auprès de la malade, dont un sommeil bienfaisant avait calmé le délire :

— Qu'est-il donc arrivé, ma tante? dit le jeune homme en lui prenant affectueusement la main. On dit que vous vous êtes trouvée mal ce matin à l'église ?

— Non-seulement je me suis trouvée mal, mais on m'a crue folle, répondit madame d'Ortigny avec un triste sourire. Il

2***

est vrai que je demandais presque l'impossible, et cela avec tant d'instance qu'en effet on a pu douter de ma raison. Pourtant je ne suis pas folle. Je ne le crois pas du moins.

—Je l'espère certes bien que vous ne le croyez pas! moi non plus, je ne le crois pas! Mais voyons, que demandiez-vous donc de si impossible?

— Tu vas encore me gronder, fit la pauvre femme en hésitant. Pendant plusieurs jours, j'avais vu à Notre-Dame-des-Victoires une jeune fille blonde, priant avec ferveur, et j'avais pensé, je m'étais imaginé...

— Que c'était ma cousine Blanche? fit Paul avec tristesse. Pauvre tante, non, je ne vous gronderai pas; mais je voudrais vous voir renoncer à cette idée fixe. Elle vous empêche de supporter votre malheur avec la résignation qui convient à une chrétienne; elle vous cause des illusions toujours suivies de déceptions cruelles...

— Et elle me fait passer pour folle aux yeux de bien des gens, n'est-ce pas? interrompit la malade. Tu as raison, mon enfant : cette fois encore j'ai été dupe d'une illusion ; je comprends maintenant que cette jeune fille n'était pas, ne pouvait pas être Blanche. D'ailleurs, elle a encore ses parents, car un jour elle s'est hâtée de me quitter en disant que son père l'attendait dans l'église.

— Vous lui avez donc parlé ?

— Oui ; une fois je lui ai demandé de prier pour moi. Elle me l'a promis, et... ne va pas me croire folle, au moins..., il m'a semblé que sa voix ressemblait à la mienne, comme son visage ressemble à ce qu'était le mien quand j'étais jeune fille.

— Ma tante, en admettant même qu'il existe entre vous et cette personne une vague ressemblance, cela ne prouverait encore rien.

— Je sais, je sais, reprit madame d'Ortigny avec impatience ; je ne me fais pas d'illusion, mais j'aime à parler de cette enfant, et j'aurais aimé à la revoir. Voilà pourquoi j'éprouve tant de chagrin depuis qu'elle ne vient plus à l'église, voilà pourquoi j'ai demandé si l'on sait qui elle est. La dernière fois qu'elle est venue, elle a doucement posé cette image sur mon livre de prière. C'était un adieu, j'aurais dû le comprendre.

En disant ces mots, madame d'Ortigny montrait à Paul une image de Notre-Dame-des-Victoires au bas de laquelle ces mots : *Priez aussi pour moi*, étaient tracés d'une écriture fine et élégante. Deux M servaient de signature.

— C'est vous, ma tante, qui avez écrit ces mots ? demanda le jeune homme.

— Non ; tu trouves donc aussi comme moi que cette écriture ressemble à la mienne ?

— Elle y ressemble, en effet ; mais toutes les écritures anglaises se ressemblent. D'ailleurs, quand ma cousine Blanche a disparu, elle ne savait pas écrire ; il n'y aurait donc aucune raison pour que son écriture ressemblât à la vôtre.

Après avoir encore engagé sa tante à être calme et à se résigner, Paul d'Ortigny alla retrouver Eugène et sa mère, qui causaient avec plusieurs médecins appelés en consultation.

— De tout ce que vient de nous raconter M. de Marville, disait un des médecins, il résulte que plusieurs fois déjà madame d'Ortigny a donné des preuves d'aliénation mentale.

— Pardon, messieurs, intervint Paul; je puis affirmer que jamais rien dans la conduite de ma tante n'a pu faire douter de sa raison. La scène même de ce matin prouve une violente surexcitation nerveuse, mais n'a aucun des caractères de la folie.

— Quoi ! s'écria Eugène; quand elle prétend avoir vu sa fille, lui avoir parlé ! ce n'est point là une hallucination qui prouve la démence ?

— Elle ne prétend pas avoir vu sa fille, dit Paul d'un ton ferme; elle demande des nouvelles d'une jeune fille qu'elle a vue, à qui elle a parlé; ceci n'est point un acte de folie.

Eugène et sa mère échangèrent un regard avec le médecin qui avait parlé.

— Paul a ses raisons pour agir comme il le fait, dit doucement madame de Marville. Quant à mon fils et à moi, nous avons un devoir à remplir envers notre malheureuse parente, et nous le rempli-

rons jusqu'au bout, quelque dur que ce
devoir puisse nous paraître.

Paul la regarda avec surprise, cherchant,
sans y parvenir, à comprendre le sens de
ces paroles, dans lesquelles il devinait une
intention blessante.

— Nous ne devons négliger aucun
moyen de nous éclairer sur l'état mental
de la malade, dit le médecin habituel de
madame d'Ortigny, vieillard respectable,
sur qui les phrases doucereuses de madame
de Marville produisaient peu d'effet. Monsieur d'Ortigny, voulez-vous être assez
bon pour nous expliquer les raisons qui
vous empêchent de croire à la folie de
votre tante malgré l'accès dont tant de
personnes ont été témoins?

— C'est ce que je vais faire, docteur, répondit Paul simplement, sans remarquer
l'expression d'insultante ironie que prit
tout à coup le visage de madame de Marville.

CHAPITRE III.

LE PORTRAIT.

Les explications de Paul et l'examen consciencieux des médecins appelés en consultation neutralisèrent complétement les efforts d'Eugène et de sa mère pour faire déclarer madame d'Ortigny en état de démence. Le seul résultat qu'ils obtinrent fut de mettre la comtesse sur ses gardes, et de la faire veiller soigneusement sur elle-même, afin de ne plus donner à personne le droit de douter de sa raison.

Sa santé y gagna beaucoup. Mais les rapports entre les deux cousins devinrent pénibles. Eugène, incapable de dissimuler l'aversion que lui inspirait Paul, dont toutes les actions semblaient un blâme tacite des siennes, chercha et trouva des prétextes pour paraître le moins possible à l'hôtel d'Ortigny, où sa mère, d'ailleurs, veillait à ses intérêts beaucoup mieux qu'il n'aurait pu le faire lui-même.

Outre l'aversion que lui inspirait son cousin, Eugène avait encore une autre raison pour s'absenter : l'existence désordonnée qu'il menait n'avait pas tardé à diminuer de beaucoup la fortune, assez peu considérable, qu'il tenait de son père. Madame d'Ortigny, après lui être venue en aide plusieurs fois, avait fini par se lasser et par l'engager à suivre l'exemple de Paul. Or, comme il n'était nullement admis dans le monde sérieux et honorable qui accueillait Paul, comme d'autre part il ne voulait point laisser deviner sa gêne à ses camarades de plaisir, Eugène se mit en quête d'un travail assez lucratif pour lui permettre de satisfaire ses goûts dispendieux, assez peu pénible pour ne point imposer à sa paresse un trop violent effort, et surtout assez peu en évidence pour ne point exciter les soupçons de ses amis.

La chose, comme on voit, n'était pas facile à trouver. Cependant le hasard servit à souhait M. de Marville. Il fut chargé par un ingénieur de voyages dans plusieurs provinces voisines des frontières, afin d'y lever des plans, que pouvaient rendre un jour nécessaires certaines éventualités dont on commençait à parler tout bas.

Les études faites par Eugène le rendaient capable de ce travail; et si le côté pécuniaire de cette position n'était pas aussi brillant qu'il l'aurait souhaité, elle avait du moins un avantage inappréciable, en ce qu'elle lui permettait de quitter Paris et de faire des économies.

Il accepta donc. Après avoir dit mystérieusement à toutes ses connaissances qu'il était chargé de missions diplomatiques fort importantes, et qu'il les priait de lui garder le secret, Eugène de Marville se mit joyeusement à courir les grandes routes et à visiter les villes de province, critiquant tout ce qu'il voyait, et vantant les Parisiens aux provinciaux, peu enthousiasmés par le spécimen que leur envoyait la capitale.

Quant à madame de Marville, redoublant de prévenances et de soins auprès de

3

« sa bonne cousine », elle continua plus que
jamais à lui faire l'éloge du cher Paul, tout
en exprimant le regret qu'un jeune homme
si parfait manquât parfois de cœur, ou de
tact, ou d'intelligence. L'excellente dame
passait ainsi en revue, une à une, toutes
les qualités qui manquaient à Paul, et, sans
jamais lui attribuer un seul défaut, laissait adroitement supposer qu'il les possédait tous.

Revenons-en à la petite ferme d'Alsace,
où nous avons laissé la gentille Marie et
son père, en proie à une souffrance morale, qui, pour n'avoir pas, à vrai dire, de
cause appréciable, n'en était pas moins
pénible à supporter.

Il est difficile à deux êtres qui s'aiment
tendrement de renoncer ainsi tout à coup
à de vieilles habitudes de confiance et d'ex-
pansion. À chaque instant ils oublient leur
rôle, et les détails les plus insignifiants de
la vie menacent de rompre la barrière
de glace qui s'est élevée entre eux.

Vingt fois Marie, en voyant son père la
regarder d'un air de méfiance, avait été

tentée de se jeter à son cou et de lui avouer le secret qu'elle cachait avec tant de soin. Mais toujours un mot prononcé mal à propos par Muller était venu arrêter sur les lèvres de la jeune fille la confidence prête à s'en échapper. La situation était restée la même, ou plutôt elle était devenue plus pénible encore, car lorsque la confiance qui fait le charme de la vie de famille cesse d'exister, le mal s'aggrave de jour en jour et finit par devenir intolérable, au point de rendre parfois nécessaire une séparation, au moins momentanée.

Les choses n'en étaient pas encore venues là ; mais cependant Marie et son père souffraient beaucoup, et l'activité par laquelle ils essayaient de tromper leur ennui à force de travail ne leur apportait pas un grand soulagement.

Au commencement de l'automne de 1868, Jean Muller, en revenant des champs, trouva Marie plus animée qu'il ne l'avait vue depuis longtemps. Elle s'occupait de faire mettre tout en ordre à la ferme, et les assiettes de porcelaine, dont on se servait dans les grandes occasions, semblaient, en s'étalant pompeusement sur les tables et sur les buffets, annoncer quelque événement extraordinaire.

— Nous aurons demain un visiteur, dit la jeune fille, répondant à la muette interrogation de son père. Un monsieur de Paris, un ingénieur, je crois, qui passera toute la journée ici pour lever des plans. Comme il n'y a pas d'auberge dans les environs, il m'a demandé s'il pourrait, en payant, partager nos repas. Naturellement je lui ai répondu que nous ne voulons pas de son argent, mais que nous le recevrons volontiers à notre table. Vous m'approuvez, n'est-ce pas ?

Au lieu de répondre, Muller regarda fixement sa fille. Un étrange soupçon venait de lui traverser l'esprit.

— Qui est ce jeune homme, dit-il enfin ; le connaissez-vous ?

— Nullement ; je l'ai vu aujourd'hui pour la première fois. Il paraît assez bien élevé, quoiqu'un peu ridicule. Il m'a dit son nom, mais je l'ai oublié. Marline, Marville ; je ne sais pas au juste.

— Vous mentez, Marie, fit sévèrement

Muller. Vous connaissez ce jeune homme ; vous l'avez vu à Paris.

Jamais encore Muller n'avait douté des paroles de son enfant, jamais la pensée n'était venue à celle-ci qu'on pût la soupçonner de mensonge. A cette humiliante accusation, le front de Marie s'empourpra soudain, et la jeune fille s'écria d'une voix tremblante :

— Je mens! moi? C'est moi que vous accusez de mensonge? Eh pourquoi? Si j'avais vu ce monsieur auparavant, pourquoi donc ne vous le dirais-je pas?

Son accent, son regard plus encore que ses paroles, disaient si bien l'innocence et la candeur de cette âme si pure de jeune fille, que Muller eut honte de son indigne soupçon.

— Ce n'est pas ce que je voulais dire, reprit-il avec douceur ; je te crois, mon enfant ; mais que veux-tu, depuis que tu n'as plus confiance en ton père, depuis que tu ne lui dis plus tout, il ne sait plus lire dans ton cœur.

Marie rougit de nouveau. Un instant elle parut hésiter ; puis, jetant comme au temps de son enfance, ses bras autour du cou du fermier, elle murmura :

— Eh bien, je vais tout vous dire! Mais vous ne me gronderez pas?

— Non ; je te le promets! fit Muller heureux de retrouver sa fille.

— C'est que, reprit Marie en hésitant de nouveau, vous m'avez défendu de parler d'elle.

— De qui?

— De... ma mère.

— De... ta mère? balbutia Muller en s'asseyant comme si ses jambes n'eussent pu le soutenir. Que veux-tu dire?

— Oh! c'est une idée, un enfantillage peut-être. Mais il me rend si heureuse! Je vous l'aurais dit depuis longtemps si je n'avais pas craint de vous fâcher. Vous savez qu'à Paris j'allais chaque jour prier à Notre-Dame-des-Victoires. Vous restiez dans la nef, et moi je m'agenouillais devant l'autel de la madone. Une dame en deuil se mettait habituellement à côté de moi ; elle avait l'air si doux et si triste, que mes yeux se tournaient involontairement vers elle, et que, sans la connaître,

je me sentais disposée à l'aimer. Elle s'en
est aperçue, sans doute ; car un jour elle
m'a pris doucement la main en me demandant de prier pour elle. J'aurais voulu
vous raconter mon aventure, car je pen-
sais beaucoup à cette dame, et il me semblait que ma mère devait avoir l'air doux
comme elle ; mais je n'ai pas osé. Nous
sommes revenus ici, et j'ai fait de mémoire
le portrait de la dame inconnue ; je crois
qu'il est ressemblant, et je cherche à me
faire illusion en m'imaginant que c'est le
portrait de ma mère. Maintenant vous
savez mon secret ; êtes-vous fâché contre
moi ?

A coup sûr le fermier ne paraissait pas
fâché. Au contraire, il semblait respirer
plus à l'aise en voyant qu'il n'y avait là, au
bout du compte, qu'une fantaisie de jeune
fille, fantaisie causée par une imagination
un peu romanesque, par une sensibilité
peut-être exagérée, et à laquelle il convenait de ne pas donner trop d'importance.

— Non, dit-il en souriant ; non, je ne
suis pas fâché ; mais une autre fois, enfant, il ne faut plus avoir de secret pour

ton père, ça fait trop de mal. Voyons, petite folle, montre-moi le portrait de... ta dame. Est-il bien peint, au moins ?

— Vous allez voir ! fit Marie radieuse en voyant son père reprendre envers elle ses manières habituelles.

Légère comme un oiseau, elle courut à l'atelier prendre le portrait dans la cachette où elle avait su le mettre à l'abri de tous les regards.

Ce portrait, peint avec un talent remarquable, représentait une femme d'une quarantaine d'années, dont le pâle visage, rendu plus pâle encore par les voiles de deuil qui l'entouraient, avait une expression de tristesse navrante. Une couronne de cheveux blonds, auxquels les chagrins plus que l'âge semblaient avoir déjà donné une teinte argentée, formait une sorte d'auréole à cette douce physionomie, dont la jeune artiste avait bien su rendre le charme singulier.

Jean Muller resta longtemps en contemplation devant le tableau, tournant de temps en temps ses regards vers Marie, et la regardant avec attention comme s'il eût voulu comparer son visage resplendissant de fraîcheur et de jeunesse au visage pâle et flétri qu'il avait sous les yeux.

— C'est bien fait, dit-il enfin. Tu as vraiment du talent, petite, et il ne faut pas négliger ta peinture. Aucun des tableaux que tu as faits jusqu'à présent n'est aussi bien réussi que ce portrait. Mais il est inutile maintenant d'aller t'enfermer à l'atelier pour le regarder en cachette. Nous le mettrons ici, et tu le verras continuellement.

—Oh! fit Marie; puisque vous êtes si bon, laissez-moi vous dire : J'aimerais mieux le garder dans ma chambre. Il me remplacerait le portrait de ma mère, que je n'ai pas. Trouvez-vous qu'il lui ressemble un peu?

— Quelle idée! fit brusquement Muller en détournant les yeux. Il ne lui ressemble pas du tout! Ta mère avait les cheveux noirs, et ce n'était pas une belle dame comme celle-là, mais une paysanne, habillée en paysanne.

— Ah! fit Marie d'une voix altérée. Alors, père, mettez ce portrait où vous voudrez.

Le portrait fut placé dans la grande
salle de la ferme, et Marie, revenant à ses
devoirs de maîtresse de maison, s'occupa
de tout préparer pour recevoir convena-
blement l'hôte attendu le lendemain.
Mais, loin de jouir à son aise de la vue de
la dame en deuil, elle détournait les yeux
chaque fois qu'elle passait devant ce portrait, et paraissait ressentir une impression pénible, qu'elle cherchait vainement à
maîtriser.

L'arrivée d'un hôte était un grave événement pour les habitants de la ferme.
Jean Muller s'efforça de faire de son mieux
les honneurs à Eugène de Marville, quoiqu'il ressentît plus d'éloignement que de
sympathie pour le ton tranchant et les airs
fanfarons du jeune homme.

Eugène, après avoir, avec le manque de
tact qui le caractérisait, renouvelé l'offre
de payer l'hospitalité qu'on lui accordait,
se mit à exprimer — toujours avec aussi
peu de tact — l'étonnement qu'il ressentait en rencontrant dans une ferme, au
fond de l'Alsace, une personne aussi bien
élevée que l'était Marie.

— En vérité, dit-il tout en faisant honneur au repas offert par ses hôtes, mademoiselle ne serait nullement déplacée à Paris. Elle est assez intelligente pour acquérir promptement ce vernis du monde, cet aplomb, ce... cachet qui lui manque encore. Quelques leçons de danse, de musique, de chant compléteraient son éducation, et au bout de peu de mois elle serait certainement une des reines du monde élégant. Vrai, cher monsieur Muller, vous êtes inexcusable de ne pas conduire mademoiselle à Paris; les perles les plus rares et les plus précieuses ont besoin, pour briller de tout leur éclat, d'être placées à la lumière; or, la lumière, c'est Paris!

Muller écoutait avec une impatience visible ces éloges, qui ressemblaient presque à des insultes. Marie, craignant que cette impatience ne lui fît oublier les devoirs de l'hospitalité, crut prudent d'intervenir.

— Je comprends le motif de vos louanges, monsieur, dit-elle avec un fin sourire. Vous êtes humilié de n'avoir pu acquitter avec de l'argent le prix de notre modeste repas, et vous vous efforcez de

payer votre écot en une autre monnaie.
Mais maintenant nous sommes quittes, et
au delà. Quant à aller à Paris, je ne le désire nullement : la perspective d'être une
des « reines du monde élégant », comme
vous dites, n'a rien qui me tente, et le
peu de talents que je possède suffisent à
mon ambition, puisqu'ils suffisent à distraire mon père et moi pendant nos moments de loisir.

— Pardon... je... je ne veux pas pré-
tendre que votre éducation soit incomplète, fit Eugène un peu déconcerté et subissant malgré lui l'espèce de domination
qu'exerçait sur tous la dignité native de
Marie. J'ignorais... Vous êtes donc musicienne, mademoiselle ?

— Non - seulement musicienne, mais
peintre, dit orgueilleusement Muller, enchanté de la leçon que le jeune homme
venait de recevoir. Tournez-vous un peu,
monsieur, voyez ce tableau ; là, derrière
vous : c'est l'ouvrage de Marie.

Eugène se retourna négligemment. Mais
il eut à peine jeté un regard sur le tableau

qu'il se leva d'un bond, tout en cherchant à adapter son binocle sur son nez.

—Ah! bah! s'écria-t-il; mais j'ai la berlue! je rêve! le portrait de ma tante, ici, fait par mademoiselle!

—De votre tante? répéta Muller, dont le visage se couvrit d'une teinte livide. J'en doute fort. Ce portrait est celui d'une pauvre femme que ma fille a vue à Notre-Dame-des-Victoires.

—C'est cela même! pensa Eugène; la jeune fille à la robe bleue! J'allais faire une jolie bévue.

— A Notre-Dame-des-Victoires? reprit-il tout haut. En effet, je me trompais, ma tante n'est pas à Paris. Elle habite... la Bretagne.

—Ah! c'est dommage! dit Marie, j'aurais aimé à savoir qui est cette dame. Mais votre tante lui ressemble, dites-vous? Comment s'appelle-t-elle donc?

— Elle s'appelle... mais elle s'appelle madame de Marville, puisqu'elle a épousé le frère de mon père.

La pâleur subite de Muller n'avait pas été remarquée par les deux jeunes gens;

mais en revanche le fermier avait parfaitement observé le trouble d'Eugène.

Ce dernier retourna le soir à Schelestadt, et le lendemain matin Muller s'y rendit à son tour, afin d'y prendre des renseignements sur le compte de son hôte.

Comme Eugène de Marville n'avait aucune raison de garder l'incognito, le fermier eut bien vite appris tout ce qu'il désirait savoir.

Il ne crut pas devoir parler à sa fille des démarches qu'il avait faites; il se contenta de l'engager à mettre dans sa chambre le portrait, qui, s'il restait dans la grande salle, pourrait être abîmé par 'a poussière et par la fumée.

CHAPITRE IV

Madame d'Ortigny voyait avec peine la mésintelligence existant entre Paul et Eugène. Aussi madame de Marville, qui ne perdait pas de vue les intérêts de son fils, ne laissait-elle échapper aucune occasion de déplorer l'indifférence que Paul témoignait à son cousin.

— Je ne prétends pas le blâmer, ce cher Paul, disait-elle; pourtant, s'il le voulait, lui qui est plus âgé, plus riche qu'Eugène, mieux posé dans le monde, il pourrait, sans se nuire en rien, lui rendre de grands services. Mon pauvre Eugène a un cœur d'or; mais, comme tous les bons cœurs, il manque de cette fermeté de caractère si remarquable chez Paul.. Il se laisse entraîner par de jeunes fous dans des socié-

tés qu'il cesserait certainement de fréquenter le jour où il recevrait ailleurs l'accueil dû à ses talents et à son courage...
Car il lui faut du courage, à mon cher enfant, pour aller travailler comme un mercenaire, afin de ne pas laisser deviner
que, tenant de si près à l'une des plus
riches familles de France, il se trouve dans
une gêne voisine de la misère.

Madame d'Ortigny, subissant l'influence
de sa cousine, avait plusieurs fois prié
Paul de présenter Eugène de Marville à
quelques-uns de ses amis. Celui-ci, quoique
peu désireux de se faire l'introducteur de
son cousin auprès de jeunes gens appartenant à un « assez bon monde » pour ne
pas tenir à honneur d'entrer dans l'intelligente corporation des « petits crevés »,
ne voulut pas cependant désobliger sa
tante par un refus.

Eugène ayant eu quelques jours à passer
à Paris entre deux voyages, il le fit inviter
à une partie de chasse qui devait avoir lieu
chez un de ses amis.

La joie d'Eugène fut grande à cette invi-
tation. Il en parla d'un air de profond dé-

dain à tous ses amis du boulevard, et manqua se brouiller avec son tailleur, son chemisier, son armurier et tous ses fournisseurs, parce qu'ils ne réussissaient pas à l'équiper à son gré. Enfin, ignorant sans doute que l'exactitude est la politesse des rois, il *crut* de bon goût d'arriver au rendez-vous une grande heure en retard. On *eut* le bon goût de paraître ne pas avoir remarqué son manque de savoir-vivre, et il éprouva une vive contrariété d'avoir « manqué son effet ».

— Les autres, là-bas, pensa-t-il, se seraient certainement écrié : Ah ! le voilà enfin ! — C'est bien heureux ! — Arrivez donc ! etc.; j'aurais fait sensation. Il paraît que je suis encore arrivé trop tôt. Une autre fois, j'aurai soin de me faire attendre davantage.

La chasse se passa comme toutes les parties de ce genre, avec beaucoup de mouvement, beaucoup de bruit, beaucoup d'animation. Puis les jeunes gens se réunirent à un endroit convenu, où était préparé un déjeuner, dont leur appétit, ai-

guisé par l'exercice et par le grand air,
commençait à sentir le besoin.

C'était le moment où Paul appréhendait
le plus que son cousin ne se livrât à quelqu'une des excentricités de mauvais goût,
véritables infirmités, auxquelles il était
sujet.

Jusque-là le gibier avait — ce dont il
se serait bien passé — absorbé toute l'attention des invités. Mais au déjeuner,
chacun des convives, tout en s'occupant de
réparer ses forces épuisées, se mit en devoir d'observer ses voisins. Peu à peu des
causeries particulières s'engagèrent, puis
l'entretien gagnant de proche en proche à
mesure que le repas s'avançait, la conversation finit par devenir générale.

La plupart des jeunes gens ainsi réunis
se connaissaient, ou du moins s'étaient déjà
trouvés ensemble dans d'autres circonstances. M. de Marville seul était inconnu à
tous, hormis à son cousin et à l'amphi-
tryon. Il était donc un peu un objet de curiosité pour ses compagnons, et cette curiosité, bien que contenue par les conve-
nances et le savoir-vivre, était pourtant

assez évidente pour mettre Paul d'Ortigny au supplice.

Le mérite personnel de ce dernier était trop bien apprécié par ses amis pour qu'il eût à craindre l'effet des bévues commises par son cousin.

Mais, en dépit de certaines théories tendant à prouver que chaque individu est responsable — seul responsable — de ses actes, les gens pour qui l'honneur de la famille n'est pas un mot dénué de sens la considéreront toujours comme une sorte d'être collectif, dont aucun des membres ne peut s'isoler complétement des autres, ni agir, bien ou mal, sans que l'être tout entier ressente, plus ou moins, les effets de son action. Paul d'Ortigny souffrait presque autant à la pensée de voir son cousin jugé défavorablement que s'il eût dû être lui-même en cause. Aussi observait-il Eugène avec une inquiétude croissante, à mesure que le repas s'animait sous l'influence du champagne versé à profusion.

M. de Marville cependant ne buvait pas plus que les autres convives. Il n'était pas plus animé qu'eux. Tous échangeaient de joyeuses plaisanteries ; les éclats de rire bruyants, les refrains de chansons commencés et interrompus pour être repris un instant après, faisaient résonner les échos de la forêt,

Il était certes permis à M. de Marville de prendre part à la gaieté de ceux qui l'avaient admis parmi eux, et les craintes de Paul auraient été presque ridicules si la position de son cousin eût été la même que celle des jeunes gens qui se trouvaient là.

Mais cette position était bien différente. Les autres chasseurs étaient dans leur monde, entourés de leurs amis et de leurs compagnons habituels. Ils pouvaient se laisser aller franchement et sans contrainte à toute leur gaieté, car les sujets sur lesquels ils parlaient étaient familiers à leurs auditeurs, et ils étaient certains d'avance de ne blesser aucune susceptibilité, de ne voir aucune de leurs paroles mal comprise ou mal interprétée.

Il n'en était pas de même d'Eugène. Il se trouvait sur un terrain qu'il ne connaissait pas et où il ne devait avancer qu'avec précaution. C'était un acteur débutant sur une nouvelle scène, et à qui une trop grande surexcitation pouvait faire oublier son rôle.

On doit avouer, d'ailleurs, que plusieurs des convives l'excitaient à parler, et semblaient prendre un malin plaisir à l'entendre débiter les vulgaires fanfaronnades de commis-voyageur par lesquelles lui et ses amis jetaient d'ordinaire de la « poudre aux yeux » des petits boutiquiers que ces belles phrases décidaient à leur faire crédit.

— Oui, messieurs, oui, j'étais hier aux Bouffes avec le petit vicomte de S··· ; vous savez bien, le petit vicomte de S···? Tout Paris le connaît. Hein? non? vous ne le connaissez pas! Oh! très-curieux, parole d'honneur! Mais, ah ça! à quoi passez-vous donc votre temps, *mes bons*, si vous ne connaissez pas le vicomte de S···? C'est mon ami intime; c'est moi qui l'ai introduit dans la société parisienne; nous perdons de temps en temps quelques centaines de louis ensemble. Il est beau joueur, ce cher vicomte, très-beau joueur. Mais que disais-je donc?

M. de Marville ralluma sa cigarette pour la dixième fois peut-être depuis dix minutes, et lança nonchalamment vers le ciel quelques bouffées de fumée.

Son cousin était sur les épines; d'autant plus que les jeunes gens, très-amusés par cette éloquence d'un nouveau genre, faisaient silence pour écouter l'orateur.

— Vous disiez, reprit un des convives, faisant signe à un domestique de verser du vin de Champagne à Eugène, vous disiez que vous étiez hier aux Bouffes avec votre ami intime, le vicomte de S...

— Ah! oui, j'y suis, dit vivement M. de Marville en vidant son verre, qu'on s'empressa de remplir. J'y suis... c'est-à-dire j'y étais! Ah! ah! ah! tiens, vous ne riez pas, vous autres. Ah! nos déjeuners de garçons ne ressemblent guère aux vôtres! Ils sont un peu — je dis un peu par courtoisie — plus animés! Oui, oui; j'étais aux Bouffes! Charmant théâtre, fréquenté par l'élite de la société parisienne! Il y avait même aux premières galeries une dame en toilette très-excentrique, que le vicomte prétendait être la petite baronne dé L··· ; vous savez, celle qui vient de se marier?

— Pardon, monsieur , dit froidement un des auditeurs : madame de L··· est ma sœur ; veuillez, je vous prie, ne pas la mêler à vos discours.

— Ah ! bah ! c'est votre sœur ! Mon compliment ! fit Eugène un peu déconcerté ; j'ignorais... mais d'ailleurs le vicomte s'était trompé ; la dame dont il s'agit était une figurante de la Porte-Saint-Martin.

— Messieurs, interrompit brusquement Paul d'Ortigny , je propose de porter un toast !

— Ah ! bravo ! voyons votre toast, d'Ortigny , s'écria-t-on de toutes parts.

— Je porte un toast à la France ! dit le jeune homme en élevant son verre.

Inutile de dire que le toast fut accepté avec enthousiasme. Plusieurs autres convives en portèrent aussi ; on raconta des anecdotes, et M. de Marville, à la grande joie de son cousin, se contenta de vider consciencieusement sa coupe chaque fois qu'on

la remplissait, mais sans chercher à prendre de nouveau le dé de la conversation.

Malheureusement ses bévues avaient
beaucoup amusé plusieurs des convives,
et l'un d'eux eut la malicieuse pensée de
l'interpeller.

— Et vous, monsieur de Marville, lui
dit-il, ne porterez-vous pas un toast? Ne
raconterez-vous pas aussi quelque histoire? Vous devez être en fonds. Vous
gardez un silence effrayant; ce n'est cependant pas un homme comme vous qui se
laisse accabler par le sommeil après avoir
pris un peu de vin de champagne.

— Moi, endormi par le champagne ! Ah!
par exemple! jamais de la vie! s'écria
Eugène, enchanté de voir l'attention
se tourner encore vers lui. Non; par-
donnez; je n'étais pas à la conversation.
J'étais préoccupé d'une aventure singulière
qui m'est arrivée dernièrement !

— Eh bien! il est poli ! murmura l'un
des jeunes gens.

— Laissez donc, reprit un autre: c'est
un préambule, une entrée en matière.
Bravo! monsieur de Marville, ajouta-t-il en

riant ; nous écoutons le récit de votre aventure.

— C'est que... en vérité, je ne sais si je dois... fit Eugène (tandis que Paul d'Ortigny impatienté feignait d'être absorbé dans une conversation avec son voisin). Enfin, puisqu'on m'y oblige, je vais commencer par porter un toast. Je bois à la petite Alsacienne !

Les convives se regardèrent avec un peu de surprise, attendant une explication.

— Mon cousin veut dire qu'il boit à l'Alsace, fit M. d'Ortigny. Pour ma part, je m'associe de grand cœur à ce toast : l'Alsace est une de nos provinces frontières où le sentiment patriotique est le plus développé.

— Non, non, pas du tout ! reprit Eugène ; j'ai dit ce que je voulais dire : Je bois à la petite Alsacienne. Et puisque vous voulez une histoire, messieurs, ce toast m'amène tout naturellement à vous raconter mon aventure.

Eugène était trop animé pour qu'il fût possible de lui imposer silence. Paul comprit qu'en essayant de le faire taire, il l'ex-

citerait encore davantage : aussi prit-il le
sage parti de la résignation, et se disposa-
t-il à écouter patiemment « l'aventure »
de son cousin.

— Imaginez-vous, reprit celui-ci, parlant
avec une volubilité d'autant plus grande
que ses idées étaient moins nettes ; imaginez-vous que j'ai fait dernièrement un
voyage en Alsace. Voyage fort important...
hem , hem !... mission diplomatique...,
vous me permettrez, *très-chers*, d'user de
discrétion. D'ailleurs, le but de mon voyage
n'a aucun rapport avec mon aventure.

— Remplissez le verre de M. de Marville, dit à un domestique celui des jeunes
gens qui faisait les honneurs du repas.

— Ah ! ah ! parfait ! s'écria celui-ci ; vous
voulez me rappeler à l'ordre. Ne vous
impatientez pas, j'arrive à l'aventure.
Ayant des courses à faire à la campagne,
j'entrai, un jour, dans une misérable
ferme, et je promis au fermier une bonne
récompense s'il pouvait me servir un repas
à peu près passable. Ce fut la fille du fermier qui me servit ce repas, dont un
homme affamé comme je l'étais pouvait à

la rigueur se contenter. Mais le curieux,
le bizarre, le mystérieux de l'affaire, c'est
quo cette pauvre fille d'un pauvre fermier
alsacien est une personne fort bien élevée,
charmante, qui vous a des airs de du-
chesse, dont on n'a, ma foi, pas envie de rire,
tant ils conviennent bien à sa physionomie,
très-aristocratique, je vous assure ! Eh
bien ! vous n'êtes pas étonnés ?

— Etonné de quoi ? dit quelqu'un ; de ce
qu'un brave homme de fermier a fait donner de l'éducation à sa fille ? Il n'y a là
rien de bien surprenant.

— Vous trouvez ? reprit Eugène d'un
ton railleur ; nous allons voir ce que vous
direz de la suite de mon aventure. Toi,
Paul, entre autres, je gage que tu vas être
étonné; veux-tu parier ? Qu'est-ce que tu
paries ?

— Vous êtes ivre, Eugène, fit Paul, qui
avait peine à dissimuler son dégoût. Vous
feriez mieux de remettre à plus tard la fin
de votre récit.

— Oui ! oui ! dirent quelques voix ; car
l'aventure d'Eugène n'amusait personne.

— Du tout ! reprit celui-ci ; je n'ai plus

qu'un mot à dire. Mademoiselle Muller —
c'est le nom de la petite Alsacienne — est
musicienne, poëte, peintre ; enfin elle a
tous les talents ; et le bonhomme Muller,
fier de voir un Parisien chez lui,
m'a montré les essais en peinture de
sa fille. Or, savez-vous quel est le premier
tableau qui a frappé mes regards ? Je te le
demande, à toi, Paul ; devine un peu.

— Eh ! le sais-je, moi ? fit celui-ci, que
les manières vulgaires de son cousin humi-
liaient profondément.

— Tiens ! tu boudes ! Pourquoi ? Paul,
tu as un mauvais caractère ! Eh bien ! la
petite Alsacienne a fait — de mémoire —
le portrait de notre tante, madame d'Ortigny ; et ce portrait est d'une ressemblance
frappante !

— Impossible ! dit vivement Paul, à qui
la surprise fit, en effet, oublier son mécon-
tentement. Rappelez vos souvenirs, Eugène,
vous devez vous tromper.

Les amis de M. d'Ortigny, voyant l'intérêt qu'il semblait maintenant prendre aux
paroles de son cousin, commencèrent, eux
aussi, à écouter avec attention.

— Non, je ne me trompe pas, dit Eugène ; c'est la jeune fille à la robe bleue, qui a fait tant d'impression sur ma tante à l'église Notre-Dame-des-Victoires. Il paraît que l'impression a été réciproque, car mademoiselle Muller a fidèlement reproduit sur la toile les traits, l'expression, le costume de ma tante. Une chose bizarre, d'ailleurs, c'est que cette jeune fille elle-même... mais, comme vous m'écoutez ! C'est donc bien intéressant ce que je vous raconte ?

— Très-intéressant, fit Paul. Cette jeune fille elle-même, disiez-vous ?...

— Ah ! je ne sais plus, fit d'un ton dolent M. de Marville, mis tout à coup en défiance par l'attention extraordinaire de ses auditeurs, dont la plupart connaissaient le terrible chagrin qui avait empoisonné l'existence de la comtesse d'Ortigny.

— Qu'a dit cette jeune fille en apprenant que le portrait était celui de madame votre tante ? demanda un des amis de Paul.

— Je... je ne me souviens plus... Le lui ai-je dit ? balbutia M. de Marville, jouant

3...

l'ivresse quoiqu'il commençât en réalité à se dégriser. Ah! ah! ah! la bonne plaisanterie! Vous y avez tous été pris, à commencer par ce cher Paul! Je savais bien, moi, que je vous intéresserais! Mais ne te trouble pas, cousin, il n'y a rien de vrai dans tout ceci; rien, si ce n'est la folie de notre tante. Quoique tu ne veuilles pas en convenir, et pour cause, la pauvre femme a bien décidément perdu la tête.

—Assez, monsieur! dit Paul, se levant vivement, le rouge de la honte au front. Vous êtes ivre, à ce qu'il paraît. Du moins ne mêlez pas un souvenir respectable à vos divagations.

Eugène allait répliquer; mais les chasseurs, prévoyant une violente altercation entre les deux cousins, se levèrent en tumulte. On entoura M. d'Ortigny, et la chasse recommença tandis qu'un des jeunes gens se chargeait de faire comprendre à M. de Marville que, dans l'état où il se trouvait, il serait prudent à lui d'aller prendre quelques heures de repos.

CHAPITRE V.

TELLE MÈRE, TEL FILS.

Les confidences échappées à M. de Marville avaient vivement impressionné Paul. Trop loyal, et doué de trop nobles sentiments pour soupçonner les calculs odieux que la cupidité suggérait à son cousin, il avait attribué au trouble d'esprit causé par l'ivresse l'inconvenante plaisanterie par laquelle celui-ci avait essayé de réparer son indiscrétion. M. d'Ortigny, quoique profondément humilié du triste rôle joué par Eugène à la partie de chasse, le croyait cependant sincèrement dévoué, ainsi que sa mère, à madame d'Ortigny. Il était persuadé que tous deux seraient aussi heureux que lui s'ils trouvaient un moyen de consoler la malheureuse mère, fût-ce à l'aide d'une illusion.

Madame de Marville, d'ailleurs, parlait sans cesse des regrets qu'elle éprouvait en voyant combien l'état moral de sa cousine s'était aggravé, combien sa tristesse avait augmenté depuis le terrible accès qu'elle avait eu à Notre-Dame-des-Victoires.

Aussi Paul d'Ortigny, la considérant comme une alliée sur laquelle il pouvait compter, s'adressa-t-il à elle sans la moindre méfiance.

— Chère tante, dit-il un jour; j'ai une idée, une bonne idée, à ce que je crois du moins; et j'ai besoin de votre concours pour la mettre à exécution.

Madame de Marville lui ayant assuré que ce concours lui était acquis d'avance, Paul commença par lui raconter l'aventure d'Eugène en Alsace.

— Par un sentiment de délicatesse que j'ai apprécié après réflexion, ajouta-t-il, Eugène a essayé de rétracter les paroles qu'il avait prononcées dans un moment d'oubli. Ce que je m'explique moins bien, c'est la réserve dont il a cru devoir faire preuve envers moi lorsque, plus tard, je l'ai interrogé au sujet de la jeune fille dont il avait parlé. J'ai attribué son obstination à la rancune qu'il me garde depuis notre partie de chasse, et j'ai écrit à Schelestadt pour savoir si vraiment il existe aux environs un fermier du nom de Muller, dont la fille, appelée Marie, a reçu une éducation au-dessus de son état.

—Eh bien? demanda avidement madame de Marville, qui depuis le commencement de cet entretien semblait en proie à une véritable angoisse.

— Eh bien! reprit Paul, dont la physionomie s'éclaira d'un joyeux sourire, la réponse m'est arrivée ce matin, et elle est telle que je l'espérais. Muller existe parfaitement ; c'est un pauvre fermier qui adore sa fille et s'est imposé pour elle les plus grands sacrifices. Si Eugène a dit la vérité en ceci, il n'a certainement pas menti pour le reste. Le portrait de ma tante a bien été fait de mémoire par mademoiselle Muller, et mademoiselle Muller n'est autre que la jeune fille à la robe bleue, dont notre malade nous parle sans cesse.

— Mais, mon cher enfant, dit madame de Marville, dont les lèvres minces étaient agitées par un léger tremblement, quand bien même cette personne aurait vu ma pauvre cousine, et en aurait été vue, à quoi cela nous avancerait-il ? A coup sûr, vous ne supposez pas que cette fille de fermier alsacien soit notre regrettée petite Blanche, dont la mort, hélas ! n'est que trop certaine.

— Non ; si je croyais à l'existence de Blanche, l'idée dont je veux vous parler n'aurait pu me venir à l'esprit. Mais c'est justement parce que sa mère, j'en suis persuadé, ne la reverra jamais en ce monde, que nous pourrions essayer d'un stratagème afin de rendre à ma tante le bonheur et la santé.

— J'écoute, fit madame de Marville, les dents serrées.

— A tort ou à raison, continua Paul, ma tante trouve que cette jeune fille ressemble à ce qu'aurait pu être à son âge ma cousine Blanche. Le père Muller est pauvre, il adore sa fille ; il rêve de la voir grande dame ; la preuve en est dans l'éducation qu'il lui a fait donner. Pour assurer le bonheur de son enfant, il consentira

certainement à la proposition que je lui
ferai. Nous dirons que Marie n'est pas la
fille de Muller ; que des bohémiens l'ont
abandonnée il y a une quinzaine d'années
près de Schelestadt et que le brave homme
l'a recueillie. Nous ajouterons qu'il ne savait
pas d'où venait l'enfant, mais qu'alors elle
lui avait dit se nommer Blanche, qu'elle parlait sans cesse d'une grande maison en
flammes d'où elle avait été enlevée au milieu de la nuit par les bohémiens qui l'a-
vaient amenée à Schelestadt. Ma tante, j'en
réponds , acceptera cette explication, et
croira d'autant plus facilement avoir retrouvé sa fille, que le portrait si frappant
de ressemblance fait par mademoiselle
Muller lui semblera une preuve du souvenir que, sans en avoir conscience, l'enfant
aura gardé des traits de sa mère... Vous
ne dites rien, ma tante : est-ce que vous
n'approuvez pas mon projet ?

Madame de Marville fixa sur le jeune
homme un regard clair et perçant :

— Vous avez beaucoup d'imagination,
remarqua-t-elle.

— N'est-ce pas ? Mais je compte sur vous

pour m'aider, car si ma tante venait jamais à soupçonner la vérité, cette déception la tuerait.

Elle continuait à le regarder avec un mélange de surprise et de pitié dédaigneuse.

— Voyons, dit-elle enfin : parlez-vous sérieusement, ou vous-même avez-vous perdu l'esprit? On assure que la folie est contagieuse, je suis presque tentée de le croire. Comment ! vous voudriez faire prendre par cette jeune fille étrangère la place de votre cousine? Vous ne songez donc pas qu'étant reconnue comme la fille de madame d'Ortigny elle deviendrait de droit l'unique héritière de toute sa fortune?

— Qu'importe? fit Paul avec une indifférence sublime. Puisque tant de recherches demeurées sans résultat nous donnent la certitude que la pauvre Blanche est morte, nous n'avons point à craindre de lui faire du tort. Eugène et moi nous sommes les seuls héritiers de ma tante, et il est évident que nous renoncerons volontiers à sa fortune pour la voir enfin goûter quelques années de bonheur après tant de souffrances.

Cela vous est aisé à dire, fit d'un ton aigre madame de Marville. Ni mon fils ni moi nous n'attachons la moindre importance à ces mesquines questions d'intérêt, nous l'avons prouvé bien des fois. Si Blanche reparaissait, nous lui abandonnerions sans regret son héritage. Mais nous dépouiller pour une étrangère ? Oh ! quant à cela, par exemple non ! Vous ne pouvez y songer sérieusement !

— Vous avez raison, reprit Paul d'un ton beaucoup plus froid ; il ne faut pas vous dépouiller, non pour une étrangère, mais pour rendre la santé et le calme d'esprit à une parente que vous dites aimer tendrement. Votre consentement était indispensable pour la réalisation de mon projet. Puisque vous me le refusez, je me bornerai à prier le fermier Muller d'amener sa fille auprès de ma tante. Il n'y a là aucune supercherie à laquelle vous puissiez vous opposer, et la présence de cette enfant suffira peut-être pour opérer une réaction salutaire.

4

Madame de Marville comprit qu'elle avait été trop loin. Changeant soudain de tactique, à l'exemple de ces politiques habiles qui se mettent à la tête d'un mouvement quand ils se voient sur le point d'être entraînés par lui, elle saisit les deux mains du jeune homme, et s'écria, avec une effusion vraiment touchante :

— Oh ! cher et noble enfant ! Quelle admirable pensée vous avez là ! Ceci concilie tout ! Il n'y a que vous et mon Eugène qui soyez capables de traits pareils ! Loin de moi la pensée de vous détourner de votre projet, mes chers enfants — car Eugène est du complot : je le devine quoique vous évitiez de me l'avouer ; — mais je suis vieille, voyez-vous ; j'ai l'expérience qui vous manque encore. Avant de changer ainsi le sort de cette jeune fille, il faut s'assurer qu'elle est digne de la famille que nous allons lui donner. Pensez, mon cher Paul, quel chagrin serait le nôtre, quels remords, si ma pauvre cousine, affligée par cette enfant qu'elle croirait sienne, était plus malheureuse qu'à présent ! Faisons-la venir, présentons-la seu-

lement comme la fille du fermier Muller,
et plus tard, quand nous la connaîtrons
mieux, il sera toujours temps de raconter
à ma cousine le petit roman que votre
cœur, d'accord avec votre imagination, a
si bien su composer.

Paul, frappé de ce qu'il y avait de juste
dans ce raisonnement, regretta presque la
dureté avec laquelle il venait de parler.

— Nous nous étions mal compris, dit-il
plus doucement. Je suis heureux que nous
soyons du même avis. D'ici à quelques
jours je me rendrai à Schelestadt pour
voir ce fermier ; je lui raconterai la position
de ma tante, et j'espère le décider facilement à venir, ainsi que sa fille, passer
quelque temps à Paris.

— Oh ! mon ami, fit madame de Marville de sa voix la plus douce ; c'est là une
mission bien délicate pour un jeune
homme tel que vous ! Une pareille proposition, faite par une femme, aurait déjà
quelque chose d'étrange ; mais, faite par
vous... elle serait vraiment peu convenable... elle exciterait assurément la défiance de ce brave Muller. C'est moi qui

ferai ce voyage, et je serai heureuse de
donner par là une preuve de dévouement
à ma chère cousine, je devrais dire à ma
sœur, car l'affection qui nous unit est
celle de deux sœurs.

Cette fois encore, l'observation de madame de Marville semblait trop juste pour
que Paul pût trouver une bonne raison à
y opposer. Cependant une méfiance dont
il cherchait vainement à se défendre lui
faisait redouter son intervention.

— Peut-être avez-vous raison, répondit-
il avec un peu d'embarras. Attendons encore quelques jours, rien ne nous presse;
donnons-nous le temps de réfléchir avant
de prendre une décision.

Un quart d'heure après cet entretien
madame de Marville était chez Eugène,
qui occupait rue du Helder, un petit appartement de garçon dans une maison voisine de celle habitée par l'ingénieur pour
qui il travaillait.

Elle se livrait maintenant sans contrainte
aux impressions qu'en présence de Paul
elle s'était efforcée de dissimuler, et son
visage était si bouleversé, qu'Eugène, ce-

pendant peu facile à émouvoir, fut presque effrayé quand elle entra dans sa chambre.

— Qu'est-ce qu'il y a ? s'écria-t-il.

— Il y a, malheureux ! que tu nous as ruinés ! murmura madame de Marville en s'asseyant ; car la colère lui ôtait la respiration. Qu'est-ce que cette Marie Muller, cette Alsacienne, qui a fait le portrait de madame d'Ortigny ? Quel mauvais génie t'a poussé à parler d'elle à Paul ?

— Ah ! c'est là ce dont s'agit ? dit tranquillement Eugène retrouvant tout à coup son sang-froid. Cela ne vaut pas la peine de tant vous tourmenter ; le mauvais génie qui m'a fait parler, c'est le champagne, dont j'avais un peu abusé, je l'avoue. Mais j'ai réparé ma bévue en disant que j'avais voulu plaisanter. D'ailleurs, ce n'est pas devant ma tante que j'ai dit cela, c'est devant Paul, et je ne le suppose pas assez niais pour aller lui raconter l'histoire de la petite Alsacienne et risquer de perdre une partie de son héritage.

— C'est ce qui te trompe, fit gravement madame de Marville. Il est, au contraire, assez niais pour cela. Il n'a pas été dupe du mensonge par lequel tu as essayé de réparer ta bévue, comme tu dis ; mais il a écrit à Schelestadt, et peu s'en est fallu qu'il ne proposât à ce Muller de faire passer sa fille pour Blanche d'Ortigny.

— Quelle absurdité !

— Juges-en toi-même.

Madame de Marville raconta à son fils sa conversation avec Paul, et conclut en disant :

— Eh bien. qu'y-t-il à faire ?

— Il y a, dit Eugène d'un air sombre, que ce garçon commence à m'ennuyer considérablement. Si je lui cherchais une bonne querelle pour m'en débarrasser ? Hein ! c'est une idée ?

— Détestable ! Ou il te tuerait, ou, si tu le tuais, ta tante ne voudrait plus te voir. En attendant il est capable d'aller trouver Muller, et si cet homme est intéressé, s'il est ambitieux pour sa fille, comme je le crois, il n'aura garde de manquer une si bonne occasion.

— Bah ! fit Eugène en riant, c'est peut-être ce qui pourrait m'arriver de plus heureux. Ma tante me préfère Paul, mais elle

préférerait la petite à Paul ; mademoiselle
Muller serait son héritière, et j'épouserais
mademoiselle Muller, voilà tout.

— C'est-à-dire que Paul l'épouserait.
Maintenant je comprends son but : il a
peut-être trouvé là le plus sûr moyen de
te faire complétement déshériter à son
profit. Eugène, il faut à tout prix empêcher cette jeune fille de venir à
Paris.

— Il faut ! c'est facile à dire ! reprit le
jeune homme réfléchissant. Cependant
vous avez raison : la chose vaut la peine
qu'on s'en occupe. D'ailleurs, je serais enchanté d'être désagréable à mon aimable
cousin. Le père Muller n'a pas l'air endu-
rant ; peut-être pourrais-je le mettre sur
ses gardes et préparer à Paul, s'il ose se
présenter à la ferme, une réception dont
il se souviendrait.

— Oui, oui, c'est cela, dit vivement
madame de Marville ; mais il n'y a pas de
temps à perdre. Cet homme sait peut-être
déjà que le vicomte d'Ortigny a pris des
informations sur son compte, et s'il espè-

re quelque bonne aubaine, il pourrait
venir de lui-même à Paris.

— Hum ! je ne crois pas ; on le dit
avare ; cependant tout chez lui annonce
l'aisance.

— Est-il riche ?

— Je n'en sais trop rien, dit Eugène
avec insouciance. Je me suis peu inquiété
de ces gens. C'est un homme bizarre.
Quoique fermier, il n'a pas l'air d'un cul-
tivateur. Sa ferme ne rapporte certainement pas de quoi payer ses dépenses. On
m'a dit, je crois, qu'il a jadis habité la
Hongrie. Lui et sa fille parlent bien l'allemand et la langue madgyare. Il paraît
qu'avant d'avoir retiré sa fille du couvent, il s'absentait quelquefois pendant
deux ou trois mois sans dire où il allait,
et qu'à son retour il était plus triste et
plus sombre que jamais.

— Il est donc triste et sombre ?

— Oui, il craint, dit-on, qu'on ne lui
demande sa fille en mariage ; et, comme il
ne veut pas se séparer d'elle, c'est ce qui
le rend si désagréable.

— C'est bizarre ! dit madame de Marville.

Mais, d'après ces détails, je pense que, si tu sais t'y prendre, il te sera facile de mettre un pareil homme en défiance à l'égard de Paul. Le tout est de savoir t'y prendre.

— Soyez tranquille, ma mère, dit Eugène, tandis que, sur sa physionomie plus sérieuse qu'à l'ordinaire, paraissait un sourire presque sinistre. Je vous répète que ce garçon commence à m'ennuyer considérablement. Muller me paraît aussi devoir être un personnage gênant ; eh bien! je voudrais réussir à me débarrasser de tous deux à la fois, et... je crois que je saurai m'y prendre.

— A la bonne heure! fit la tendre mère, cette fois complétement rassurée. Je retrouve enfin mon fils. Ne perds pas de temps surtout ; ne te laisse pas distraire par des futilités ; songe qu'il y va de ton avenir.

Après avoir répété plusieurs fois ces édifiants conseils, madame de Marville laissa son fils plongé dans une profonde rêverie.

— Non, disait-il à demi-voix, tout en mordant machinalement l'extrémité d'un

4*

cigare qu'il oubliait d'allumer. Non, je ne me laisserai pas distraire. Il est temps de me débarrasser de ce garçon ! Oh ! je le déteste !

Si Paul d'Ortigny eût pu entendre ces derniers mots, le ton dont ils avaient été prononcés l'aurait, plus encore que les mots mêmes, parfaitement édifié sur les sentiments de son cousin à son égard.

CHAPITRE VI.

L'ENTREVUE.

Madame de Marville ne s'était pas trompée en supposant que Muller pourrait être averti des informations prises sur son compte par M. d'Ortigny.

Mais loin d'être tenté, comme elle l'avait supposé, de se rendre à Paris et d'essayer d'exploiter une famille qui avait la réputation de posséder une fortune considérable, le fermier semblait depuis ce moment en proie à une inquiétude qu'il ne pouvait maîtriser et qui le rendait plus sombre, plus taciturne que jamais.

La manière dont il traitait Marie se ressentait de l'état de son esprit. Il passait, sans transition, d'une brusquerie poussée jusqu'à la violence, à une tendresse, à une douceur extrême, à une sollicitude inquiète, qu'aurait à peine pu égaler celle de la meilleure des mères.

Il prenait plaisir à rappeler à la jeune fille les souvenirs de son enfance, le dévouement qu'il n'avait jamais cessé de lui prouver, ses angoisses pendant une maladie qu'elle avait faite à l'âge de dix ans, le bonheur avec lequel il l'avait vue revenir à la santé, les soins qu'il lui avait prodigués pendant sa convalescence. Puis quand il la voyait émue, attendrie par tant de marques d'affection, il lui disait :

— C'est qu'il t'aime bien, ton pauvre vieux père ! Il n'a que toi au monde ; s'il te perdait, ma petite Marie, tout serait fini pour lui, il n'aurait plus un seul instant de calme jusqu'à l'heure où il partirait pour son dernier voyage !

Naturellement Marie lui assurait qu'elle ne le quitterait jamais, qu'elle était heureuse auprès de lui, qu'elle ne rêvait pas d'autre bonheur.

— Bah ! reprenait alors Muller avec un rire plein d'amertume, tu te marieras un jour, tu épouseras un homme riche. Il te rendra l'égale des grandes dames qui ve-

naient voir les compagnes au parloir du
couvent ; sa mère deviendra la tienne. Toi
qui aurais tant voulu connaître ta mère,
tu m'oublieras bientôt pour une étrangère,
une inconnue, qui n'aura pas, comme moi,
entouré ton enfance de soins et de tendresse, mais que tu aimeras parce que tu
l'appelleras ta mère. Elle aura tous les
droits, tous les priviléges d'une mère, sans
en avoir jamais rempli les devoirs.

Quand il entrait dans cet ordre d'idées,
il s'irritait peu à peu, et, indigné à la
seule pensée que sa fille pourrait l'oublier,
il finissait souvent par s'exalter à un tel
point qu'il semblait presque avoir perdu la
raison.

C'était une triste existence pour Marie.
Malgré son dévouement filial et son angélique douceur, elle donnait parfois un soupir de regret à ses compagnes du couvent,
aux heures insouciantes de son enfance.
Mais ce regret, elle se le reprochait comme
une mauvaise pensée, comme un acte d'ingratitude envers son père, qui ne vivait
que pour elle et qui eût été profondément

affligé s'il eût pu supposer qu'elle n'était pas heureuse auprès de lui.

Aussi la jeune fille s'efforçait-elle de paraître, en présence de Muller, aussi gaie, aussi insouciante que par le passé.

Cependant la préoccupation continuelle à laquelle son père semblait en proie, ses voyages fréquents à Schelestadt et les préparatifs de départ qu'il avait commencés à plusieurs reprises, lui causaient une inquiétude qu'elle ne pouvait maîtriser, une sorte de terreur vague, comme si elle eût pressenti qu'un événement funeste était à la veille de se produire.

Dans la situation d'esprit où était Marie, les faits les moins importants lui semblaient tous avoir quelque rapport avec les craintes qui l'agitaient, et lui causaient de véritables terreurs.

Enfin un jour ces terreurs, jusque-là chimériques, semblèrent s'appuyer sur un fait positif, assez inexplicable pour impressionner même une imagination moins exaltée que celle de Marie.

Un personnage, sur le visage ridé et basané duquel il aurait été difficile de lire, même à dix ans près, la date de sa naissance, vint un matin demander Jean Muller.

Cet individu, grand, maigre, vêtu avec une recherche de mauvais goût, avait les cheveux et la barbe d'un noir dont la nuance, trop mate pour n'être pas due à des moyens artificiels, était d'ailleurs démentie par des yeux bleu pâle, bordés de cils d'un blond ardent. Il parlait mal le français, et, dans l'impatience qu'il ressentit d'être obligé d'attendre le fermier pendant un quart d'heure, il proféra contre lui en langue madgyare les malédictions les plus énergiques.

Marie, très-effrayée de se trouver seule avec un pareil visiteur, n'eut garde de lui apprendre qu'elle comprenait le madgyar ; et quand son père arriva, ce ne fut pas sans une certaine appréhension qu'elle se leva pour le laisser en tête-à-tête avec son hôte.

— Arrive donc ! cria ce dernier à Muller — toujours en madgyar, — on abandonne les camarades quand on n'a plus besoin d'eux, à ce qu'il paraît !

Muller ferma la porte par laquelle Marie
venait de sortir, mais pas assez vite cependant pour l'empêcher d'entendre le
reproche qu'on lui adressait. Toute rêveuse, la jeune fille alla s'asseoir devant
la porte de la ferme, attendant avec anxiété le départ de l'étranger, en se demandant quels pouvaient être ces « camarades » soi-disant abandonnés par son
père, et dont elle n'avait jamais entendu
parler.

L'entretien dura longtemps, au moins
une heure et demie ; et quand enfin les
deux hommes reparurent, l'étranger était
radieux, tandis que la physionomie de
Muller avait une expression de résolution
farouche et presque désespérée.

Le fermier avait sans doute prévenu son
hôte que Marie comprenait le madgyar, car
celui-ci, en passant près de la jeune
fille, lui adressa dans cette langue un adieu
demi-ironique, demi-courtois, qui accrut
encore la mauvaise opinion que tout d'a-
bord elle avait conçue au sujet de ce singulier visiteur.

Muller, tout en s'entretenant à demi-

voix avec son hôte et en jetant à droite et
à gauche des regards inquiets, comme s'il
eût voulu s'assurer que personne ne les
épiait, conduisit l'étranger assez loin sur la
route de Schelestadt. Il l'aurait probable-
ment accompagné plus longtemps encore,
si un voyageur qui venait de les croiser dans
l'omnibus du chemin de fer n'eût sauté
tout à coup à terre pour venir rejoindre le
fermier.

— Qu'as-tu donc? demanda, en madgyar,
le compagnon de Muller. Te voilà tout
pâle. Est-ce que par hasard on aurait fait
un coup sans les amis ? Si tu l'as fait et
que tu te sois mis dans l'embarras, tu n'as
que ce que tu mérites.

— Enchanté de vous rencontrer ! s'écria
le jeune homme. C'est justement pour vous
que je viens ! j'ai à vous entretenir d'une
affaire très-grave et toute confidentielle.

— Ah ! très-bien ! je suis à vous,
balbutia Muller, sachant à peine ce qu'il
disait.

— De quoi s'agit-il? demanda impérieu-
sement le Madgyar, continuant d'employer

sa langue maternelle. Dites-le, Jean, je veux le savoir.

— Impossible, Stephan; plus tard, répliqua Muller, aussi en madgyar. Il n'y a rien là, je vous l'affirme, que vous ou les autres puissiez me reprocher. Au contraire, ajouta-t-il d'un air sombre, j'irai peut-être vous rejoindre plus tôt que nous ne l'avons dit.

— Si c'est l'arrivée de ce jeune homme qui vous décide, qu'il soit donc le bienvenu fit le Madgyar en riant. Je vous laisse, camarade; mais ne m'obligez pas à venir de nouveau vous chercher.

Sans laisser à son compagnon le temps de répondre à cette espèce de menace, Stephan s'éloigna rapidement en jetant un regard railleur à M. de Marville, un peu surpris de l'étrange société dans laquelle il trouvait Muller.

— Drôle de fermier! pensait l'habitué du boulevard des Italiens, en mordant par un mouvement machinal l'ongle de son petit doigt, ce qui peut être un indice de forte préoccupation, mais ne donne pas une expression intelligente à la physionomie de celui qui se livre à ce gracieux passe-temps.

— Je vous écoute, monsieur, dit Muller qui avait eu le temps de se remettre de son trouble.

— Ici ? fit Eugène de plus en plus surpris. Mais l'entretien que je désire avoir avec vous devant être assez long, nous ferions mieux, je crois, de nous rendre à votre ferme.

— A la ferme ? pourquoi ? s'écria soudain Muller avec une violence que rien ne semblait motiver. Autant vaut en finir tout de suite ! Dites votre affaire, allons ! Vous n'êtes pas seul, n'est-ce pas?

Eugène, quoiqu'il eût pris, dans le monde interlope au milieu duquel il vivait, des allures qui, au premier abord, pouvaient faire douter de son intelligence, avait assez de la finesse de sa mère pour comprendre qu'il s'était jeté sans le vouloir au milieu d'une intrigue dont le nœud lui échappait, et pour essayer de tirer parti de sa découverte.

— Vous vous méprenez sur mes intentions, cher monsieur Muller, reprit-il ré-

solu à n'avancer qu'avec la plus extrême
prudence sur le terrain inconnu où il venait de mettre le pied. Bien loin de vouloir
vous nuire, je viens ici vous prévenir du
danger qui menace vous et votre charmante
fille, afin que vous puissiez prendre vos
mesures pour y échapper.

— Vous? fit Muller, partagé à son tour
entre l'étonnement et la défiance.

—Oui, moi ! Mais, avant tout, entrons à
la ferme ; ce n'est pas sur la grande route
que nous pouvons causer du sujet qui m'a-
mène.

— Allons ! reprit Muller, du même ton
qu'il eût pu dire : Finissons-en à tout prix ;
le plus affreux malheur est préférable aux
tortures de l'incertitude.

Tous deux se dirigèrent vers la ferme.
On échangea peu de paroles pendant le
trajet, qui se fit rapidement. Chacun s'efforçait de deviner ce qui se passait dans
l'esprit de son compagnon. Muller croyait
connaître le but de la visite d'Eugène, et
l'expression farouche, presque menaçante,
de sa physionomie n'avait rien de rassu-
rant. Quant à M. de Marville, il cherchait à

modifier son plan de conduite, de manière
à profiter des avantages que pouvait lui
offrir la situation équivoque où il croyait
avoir surpris le fermier.

— Monte dans ta chambre, petite! dit
brusquement ce dernier à Marie; j'ai à causer d'affaires avec monsieur.

La pauvre fille, troublée par la dureté
de son père et par la présence d'un nouveau visiteur, s'empressa d'obéir. Elle
s'assit près de la fenêtre de sa chambre.
La nuit qui tombait finit par la plonger
dans un demi-sommeil, et son imagination
prêtant un nouvel aspect aux objets qu'elle
ne distinguait plus que confusément, elle
crut voir Stephan, le Madgyar, se glisser
parmi les arbustes du jardin qui entourait
la ferme. Il lui semblait qu'il s'approchait
de la porte d'entrée fermée avec soin par
Muller, et qu'il l'ouvrait à l'aide d'un ins-
trument dont elle ne pouvait distinguer la
forme. Elle voulait se lever pour courir
auprès de son père; mais, paralysée par
la terreur, elle ne pouvait y réussir; une
force surnaturelle l'empêchait de faire aucun mouvement.

Après avoir renvoyé sa fille, Muller intro-
duisit Eugène dans une sorte de petit parloir attenant à la salle de la ferme.

— Eh bien? fit-il d'un ton presque menaçant.

— Eh bien! reprit Eugène évitant de se
livrer, vous m'accusez à tort de vouloir vous
nuire; mon seul but, en venant ici, est,
comme je l'ai dit, de vous rendre un grand
service.

— Un service, à moi? Et lequel? demanda
Muller, qui crut deviner un piége.

— Un service... concernant votre fille,
dit le jeune homme ainsi mis en demeure
de s'expliquer. Vous l'aimez tendrement,
je le sais; si on l'éloignait de vous, si on
vous privait de son affection, vous souffri-
riez beaucoup, n'est-ce pas?

— Au fait! fit Muller avec une étrange
brusquerie: où voulez-vous en venir?

— Où je veux en venir, mon cher? Mais,
je vous le répète, à vous rendre service. En
deux mots, voici ce dont il s'agit: Ma tante,
madame d'Ortigny — dont j'avais cru
devoir vous taire le nom — a vu mademoiselle Marie à Paris; elle lui a trouvé une

ressemblance avec la fille qu'elle pleure ;
et mon cousin, Paul d'Ortigny, voudrait
utiliser cette ressemblance dans son propre intérêt. Il voudrait faire jouer à votre
fille un rôle infâme et dangereux, peut-
être même la faire passer pour la petite
Blanche d'Ortigny, disparue depuis longtemps.

Muller ne répondit pas ; de grosses gout·
tes de sueur perlaient à la racine de ses
cheveux ; ses mains se serraient l'une
contre l'autre avec tant de force que ses
ongles pénétraient dans la chair sans qu'il
s'en aperçût.

— Je ne sais si vous comprenez, reprit
Eugène un peu déconcerté par ce silence.
On veut enlever votre fille. Mon cousin
viendra chez vous, dès demain peut-être ;
il vous fera d'abord des offres brillantes,
qu'il saura éluder plus tard ; et si vous les
refusez, il peut recourir à la violence ; il
ne faut pas qu'il voie votre fille, emmenez-
la au plus tôt et le plus loin possible.

— Pourquoi ? dit Muller, affectant un
calme que démentait le tremblement de
sa voix. La fuite convient seulement à ceux

qui ont quelque reproche à se faire. Je saurai bien défendre ma fille; au besoin, j'aurais recours à la justice.

— A la justice? allons donc! vous plaisantez! fit Eugène en ricanant au souvenir du trouble qu'il avait surpris chez le fermier.

Muller se dressa comme s'il eût été mû par un ressort.

— Ah! nous nous comprenons donc! dit-il d'une voix sourde. Cartes sur table, mon beau monsieur! est-ce un piége que vous me tendez ou un marché que vous me proposez? En un mot : est-ce la paix ou la guerre?

— Un piége? un marché? reprit Eugène pensif, tiens, mais, est-ce que, par hasard?.. Oh! oh! très-curieux, en vérité! Cher monsieur Muller, ajouta-t-il en changeant de ton, permettez-moi d'allumer un cigare, quand ce ne serait que pour nous éclairer. Je crois que notre conversation va devenir très-intéressante.

Sans paraître remarquer l'air peu encourageant de son hôte, M. de Marville alluma un cigare; puis il reprit, avec l'aisance d'un homme qui se croit maître de la situation :

— Ce n'est point un piège. Quant à un marché, c'est selon. Je ne sais rien de vos affaires ; seulement, dans votre intérêt, il est urgent que M. d'Ortigny n'aperçoive jamais votre fille.

— Si ce n'est pas un piège, si ce conseil est donné seulement dans mon intérêt, dit lentement le fermier, cherchant, malgré l'obscurité, à distinguer les traits de son interlocuteur, d'où vient votre sollicitude pour moi ? Pourquoi tenez-vous tant à m'éloigner ? Vous m'avez insulté tout à l'heure, et cependant votre insistance est de nature à m'inspirer de singuliers soupçons. Ma fille et moi nous pourrions sans doute rencontrer, en nous éloignant, des dangers plus graves que ceux auxquels nous sommes exposés ici.

— Vous le prenez bien haut, maître Muller ! répliqua vivement M. de Marville en se levant à son tour. Moi aussi, j'ai de singuliers soupçons ; ou plutôt j'ai la presque certitude que Marie Muller n'est autre que Blanche d'Ortigny.

4''

— Oh ! tu ne le répéteras pas ! s'écria le fermier bondissant vers le jeune homme, qu'il terrassa avant que celui-ci eût pu prévoir cette brusque attaque.

Ses mains nerveuses étreignaient déjà le cou du malheureux, quand une vive lumière, frappant soudain ses regards, lui fit lâcher prise.

C'était Stephan, le Madgyar, qui venait d'allumer une lampe placée sur la table.

— Là, là, ne nous fâchons pas, dit en mauvais français le nouveau venu, tandis qu'Eugène s'empressait de mettre une distance... respectable entre lui et le terrible fermier. Cet excellent Muller est un peu vif, mais ce jeune homme est fort intelligent ; et, comme il me paraît que vous avez tous deux des intérêts communs, je crois que le mieux est de vous associer.

Muller voulut dire quelques mots en madgyar.

— Non, non, répondit son ami en français. Ecoutez-moi, mes enfants : je vais vous donner les moyens, à toi, Muller, de n'être point inquiété pour la disparition de la petite fille, et à vous, monsieur... je ne sais qui ; d'avoir l'héritage que vous convoitez.

Il baissa la voix.

Marie se réveilla glacée par l'air frais de la nuit. Elle écouta pendant quelques instants ; puis elle ferma sa fenêtre, persuadée que le jeune homme de Paris était parti et que Muller reposait.

———◆———

CHAPITRE VII

PARIS

Quand la jeune fille descendit le lendemain matin, sa surprise fut grande en trouvant dans le jardin Eugène de Marville se
promenant avec le fermier.

Tous deux paraissaient dans les meilleurs termes. L'arrogance avec laquelle le
jeune homme traitait auparavant son hôte
avait même fait place à une familiarité
mêlée d'une sorte de gêne, ressemblant
presque à de la crainte.

Quant au fermier, il n'avait plus l'air
sombre comme la veille. Mais, en dépit de
la gaieté un peu fiévreuse qu'il affectait,
Marie lui trouva l'air abattu, elle s'imagina
voir plus nombreuses et plus profondes,
les rides qui sillonnaient son front.

Sa présence interrompit la conversation commencée. Eugène poussa le fermier du coude en disant à demi-voix :

— Vous savez bien l'avis de l'autre ; je pense absolument comme lui. A Paris seulement vous serez en sûreté, car personne n'aura l'idée de vous y chercher. Prévenez-la tout de suite, c'est ce que vous avez de mieux à faire.

— Te voilà réveillée, mignonne ! fit Muller en s'avançant vers la jeune fille. Va vite t'occuper du déjeuner, car monsieur doit partir par le premier train, et nous... devons nous hâter de faire aussi nos préparatifs de départ pour prendre le train de ce soir.

— De ce soir ! s'écria Marie, interrogeant anxieusement la physionomie de son père. Et où allons-nous ?

— A Paris ! fit le fermier ; mais tu me demanderas plus tard des explications. Pour le moment, va préparer le déjeuner, nous n'avons pas de temps à perdre.

Il la poussa doucement et en souriant vers la porte de la ferme. Puis se tournant vers Eugène :

— Si à Paris elle rencontre de nouveau la comtesse, dit-il, vous serez seul coupable des malheurs qui arriveront.

— Il n'en arrivera aucun, fit le jeune homme. Vous prenez, ce soir, le train pour Strasbourg, en disant que vous vous rendez en Allemagne. Puis à Strasbourg, où nul ne vous connaît, vous prendrez demain le train de Paris. Vous voyagerez toute la nuit et le cher cousin Paul sera complétement dérouté, car Paris est peut-être le seul endroit où il ne songera pas à vous chercher. Gardez soigneusement sa photographie, que je vous ai donnée, afin que vous puissiez vous tenir sur vos gardes dans le cas où le hasard vous mettrait tous deux en présence.

Muller se contenta de faire de la tête un signe affirmatif.

— D'ailleurs, continua M. de Marville, vous ne commettrez pas l'imprudence d'aller demeurer dans le faubourg Saint-Germain, ni près de Notre-Dame-des-Victoires. A propos, où logerez-vous?

— Ceci est mon affaire, dit sèchement le fermier.

— Cependant...

— Cependant, quoi? D'aujourd'hui en huit vous me trouverez exact au rendez-vous que vous a donné Stephan ; là nous aviserons ensemble aux moyens de communiquer sans inconvénient. Quant à l'adresse de... ma fille, vous n'avez nul besoin de la connaître.

— Oh ! *votre* fille ! reprit d'un air ironique M. de Marville, blessé du ton impérieux de Muller.

Celui-ci s'arrêta devant le jeune homme en se croisant les bras, et en donnant à sa physionomie une expression si menaçante qu'Eugène se sentit pâlir.

— Une fois pour toutes, lui dit-il ; renoncez à vos grands airs et aux allusions à... ce que vous savez. Nous sommes associés ; du moment où je tiens ce que je vous ai promis vous n'avez pas à vous mêler de mes affaires, et si vous le tentiez je vous préviens que ce serait pour vous un jeu dangereux. Vous voulez avoir l'héritage de votre tante, vous voulez être débarrassé du cousin qu'elle vous préfère. Stephan et moi nous avons promis de vous aider : lui, moyennant une part de l'héritage ; moi, en achetant par là votre silence au sujet de..... *ma fille.*

Muller appuya sur ces deux derniers mots, et M. de Marville crut sage de ne pas donner cours à son humeur railleuse. Le déjeuner était prêt, et le jeune homme, ayant dit adieu à ses hôtes avec une grande apparence de cordialité, se rendit à la gare pour retourner à Paris.

Marie avait mille questions à adresser à son père ; maiscelui-ci savait éviter d'y répondre en rappelant à la jeune fille la nécessité de presser les apprêts du départ.Elle avait en effet, fortàfaire, des ordres à donner pour que rien ne souffrît pendant son absence, dont elle n'avait pas même pu apprendre quelle serait la durée. Cependant le souvenir de ses terreurs de la veille au soir était encore trop présent à son esprit pour qu'elle pût consentir à ne pas éclaircir ses soupçons.

— Tout est prêt, dit-elle enfin à Muller ; mais avant de partir il faut absolument que vous répondiez à une seule question. Ne vous moquez pas de moi si ma frayeur vous paraît un enfantillage, car je vous assure que j'en ai beaucoup souffert pendant toute cette journée.

— Voyons, dis vite, fit Muller dissimulant son anxiété sous un air d'impatience.

—Eh bien! père, votre ami....ce madgyar, qui est venu hier matin, vous l'avez conduit au chemin de fer, n'est-ce pas? vous l'avez vu partir?

—Sans doute... Pourquoi cette question?

— C'est que... hier soir, pendant que vous étiez avec M. de Marville, il m'avait semblé voir cet homme se glisser derrière les arbres du jardin et pénétrer dans la maison à l'aide d'une fausse clef.

Muller éclata de rire avec plus de bruit que de véritable gaieté.

— Tu as rêvé, fillette, et ton rêve t'a si fort impressionnée que tu lui as donné l'importance d'une réalité. Mais rassure-toi: personne, si ce n'est M. de Marville, n'est venu chez nous hier au soir.

— Pourtant, insista l'enfant, j'ai bien vu ce matin des traces de pas dans les plates-bandes, ainsi que beaucoup de branches brisées aux rosiers et aux groseilliers.

— Rien de plus simple, c'est moi qui

suis l'auteur du dégât. J'ai voulu chasser ce matin un des maudits chiens errants qui viennent souvent rôder par ici, et dans mon ardeur à le poursuivre j'ai passé sur les plates-bandes. Au surplus, le mal n'est pas grand puisque nous allons partir.

—Serons-nous longtemps absents, père? demanda Marie.

— Tu es une petite curieuse. Mais assez causé; l'omnibus du chemin de fer sera bientôt ici, et tu sais qu'il ne nous attendra pas.

Le lendemain le père et la fille étaient à Strasbourg, au grand étonnement de Marie qui cherchait à comprendre les motifs du singulier itinéraire adopté par le fermier.

—J'ai pensé t'être agréable, lui dit Muller, en te menant prier dans la chapelle du couvent où tu as été élevée.

. Marie accepta cette explication, et ses remerclments parurent impatienter son père plutôt que lui être agréables.

En arrivant à Paris, ils se logèrent dans un hôtel voisin de la gare du Nord. Puis Muller se mit en devoir d'installer Marie. Ce n'était pas chose facile, car il voulait tout à la fois choisir pour la jeune fille une demeure dans laquelle elle pût se plaire, et la mettre à l'abri des rencontres qu'il redoutait, surtout de celle de la comtesse d'Ortigny.

De plus, comme les intérêts de sa ferme devaient, disait-il, l'obliger à des absences fréquentes, il lui fallait placer auprès de Marie une femme respectable, pouvant la conseiller et la protéger au besoin ; qui, en un mot, aurait pour elle les soins d'une mère ou tout au moins d'une parente, au lieu de lui rendre seulement les services d'une femme de chambre mercenaire.

Dans cette recherche, si difficile, le hasard parut se déclarer en faveur de Muller : la personne qu'on lui présenta offrait d'incontestables garanties d'honorabilité, et semblait, sous tous les rapports, digne de la mission de confiance dont le fermier voulait la charger.

C'était une femme d'une quarantaine d'années, mais vieillie par les chagrins et les souffrances. Elle se nommait madame Henri, et, veuve depuis plusieurs années, elle avait courageusement travaillé pour élever sa fille Céline, une jolie enfant, à peu près du même âge que Marie.

Ce fut une grande joie pour cette dernière quand Muller lui annonça que madame Henri et sa fille resteraient près d'elle. Le fermier s'était efforcé de prévenir les moindres désirs de son enfant, en lui donnant à profusion les mille bagatelles élégantes et luxueuses qui plaisent tant aux jeunes filles. Mais en même temps il avait, par des ordres rigoureux, détruit un rêve dont la pauvre enfant s'était bercée depuis son départ pour Paris. Il lui avait défendu, de la manière la plus formelle, d'aller jamais à l'église de Notre-Dame-des-Victoires, et il lui avait fait promettre, avec une sorte de solennité, que si jamais elle rencontrait la dame en deuil dont elle avait fait le portrait de mémoire, elle éviterait soigneusement d'en être reconnue.

Or, la pauvre petite Alsacienne, depuis le moment où elle avait quitté Schelestadt, songeait qu'elle allait enfin revoir la dame à l'air doux et triste dont elle avait si bien gardé le souvenir. Elle éprouva donc un grand chagrin en faisant à son père la promesse qu'il lui demandait ; mais, une fois cette promesse obtenue, Muller fut plus tranquille, car il savait que Marie la tiendrait loyalement, quoi qu'il dût lui en coûter.

Cependant le fermier aimait trop son enfant pour ne pas être lui-même affligé de son chagrin. Afin de la dédommager de la contrainte qu'il lui imposait, il s'efforçait de lui procurer toutes les distractions compatibles avec l'espèce de mystère dont il entourait sa présence à Paris. Il accueillit donc d'autant plus volontiers madame Henri, que la compagnie de Céline devait être pour Marie une précieuse ressource contre l'ennui. L'appartement où il installa sa fille était spacieux et admirablement bien situé, quoique fort loin du centre de la ville. Les fenêtres s'ouvraient sur un large balcon, d'où l'on avait une vue admirable, et où la jeune fermière pouvait jouir du soleil et du grand air presque autant que dans sa paisible retraite d'Alsace.

Quand Muller pouvait disposer d'une après-midi ou d'une soirée, il faisait faire à Marie de longues promenades en voiture.

Il l'obligeait à choisir les toilettes les plus élégantes, les parures les plus coûteuses. Il la menait au théâtre, à l'opéra, aux Français, évitant avec un grand soin ces spectacles malsains et grossiers qui sont une honte pour notre époque, et que non-seulement une jeune fille ne doit pas connaître, mais auxquels une femme qui se respecte ne saurait assister.

Chaque semaine il passait plusieurs jours sans rentrer chez lui.

Lorsqu'il y revenait, il faisait de folles dépenses, jetant l'or à pleines mains avec une sorte d'exaltation fébrile, et questionnant sans cesse Marie sur les personnes qu'elle avait vues, qui lui avaient parlé, en un mot qui, d'une façon ou d'une autre, avaient attiré son attention.

— Tu es heureuse, n'est-ce pas? lui demandait-il souvent? tu ne regrettes pas l'Alsace?

Marie, voyant son anxiété, lui affirmait qu'elle était heureuse; cependant la tristesse sans cause qu'elle avait éprouvée à la campagne augmentait chaque jour, et les efforts de la rieuse Céline ne parve-

naient pas toujours à effacer de ce visage
de dix-huit ans l'expression d'étrange gravité qui lui devenait de plus en plus habituelle.

— Petite fille, dit un jour Muller après
l'avoir questionnée comme à l'ordinaire,
j'ai une grande nouvelle à t'annoncer. Nous
ne retournerons plus en Alsace ; j'ai vendu
notre ferme.

— Vendu notre ferme ! répéta Marie
consternée. Ah ! mon Dieu !

— Est-ce que cela te contrarie ?

—Non ! non, du tout... se hâta de répondre la jeune fille essayant de dominer
son émotion. Céline sera heureuse, elle qui
craint de me voir partir, ajouta-t-elle.

— A propos, es-tu contente de madame
Henri ? Qu'est-ce au juste que cette fem-
me-là ? Parle-moi un peu d'elle.

—Oh ! bien volontiers, père ! Son histoire est triste, et quand vous saurez ce que
la pauvre femme a souffert, vous la plain-
drez, j'en suis sûre, vous qui êtes si bon.

— Petite flatteuse ! Allons, je t'écoute.

— C'est un vrai roman ! Toute jeune,
madame Henri avait été fiancée à un brave

garçon, un ouvrier imprimeur, nommé Jacques Bernard...

— Hein! tu dis?... fit Muller avec un soubresaut si violent que Marie en fut effrayée. Quel nom ?... comment s'appelait cet homme ?

— Jacques Bernard; dit la pauvre fille toute tremblante; est-ce que vous l'avez connu.

— Moi ? Nullement ! Pourquoi cette question ? fit Muller troublé. Voyons, continue.

— L'histoire n'est pas très-longue. Mademoiselle Jeanne — c'est le nom de Md^{me} Henri — a oublié le fiancé à qui sa parole était engagée, pour épouser un maître d'hôtel plus riche que Jacques. Celui-ci est parti en la maudissant, et cette malédiction a porté malheur à la pauvre Madame Henri. La petite Céline avait à peine cinq ans lorsque son père acheta un hôtel plus considérable. Il fit de mauvaises affaires, son caractère s'aigrit ; il devint violent et même brutal au point de frapper sa femme et sa petite fille. Puis un jour s'étant pris de querelle avec un autre homme, il fut grièvement blessé et mourut au bout de quelques heures, laissant, en fait d'héritage, à sa veuve, des dettes pour une somme bien plus considérable que la valeur de sa maison.

— Et Jeanne... je veux dire, madame Henri... qu'est-elle devenue ensuite ? demanda Muller d'une voix entrecoupée.

— Elle a travaillé pour élever sa petite fille ; il paraît que toutes deux ont beaucoup souffert, et que la pauvre mère a dû s'imposer bien des privations afin d'en épargner quelques-unes à Céline... Vous me quittez déjà, père? Est-ce que mon histoire vous a contrarié ?

— Pourquoi contrarié? Au contraire, je plains sincèrement madame Henri. Mais... je désire être seul.

Le soir même, quand Marie se fut retirée dans sa chambre, Muller appela madame Henri.

— A mon grand regret, lui dit-il, nous devons nous séparer. J'apprécie les bons soins que vous avez eus pour ma fille, je vous en suis reconnaissant; mais il est impossible que vous restiez plus longtemps auprès d'elle.

— Vous me renvoyez ? fit l'excellente femme avec une douloureuse surprise. Est-ce que vous retournez en Alsace ?

—Oui... oui, justement ; nous retournons en Alsace, dit le fermier se hâtant de saisir ce prétexte. Je voudrais vous prier d'accepter cette somme, qui est une bien faible marque de ma gratitude ; et je... pardon... ma demande vous paraîtra peut-être singulière ; j'aurais voulu... que vous puissiez partir demain matin... avant le réveil de Marie.

— Partir ainsi ! sans lui dire adieu ? Pauvre enfant ! Moi qui l'aime presque autant que ma fille ! Oh ! c'est mal, monsieur Muller ! Qu'ai-je fait pour être traitée ainsi ? dit madame Henri pouvant à peine retenir ses larmes.

Son émotion sembla vivement impressionner le fermier, et il reprit, avec une amertume singulière :

— Autant que votre fille ? Vous l'aimez bien, votre fille, je le sais.

— Mon Dieu ! s'écria madame Henri, comme si elle eût été frappée d'un souvenir soudain, et regardant Muller avec une attention qui parut embarrasser celui-ci.

— Qu'avez-vous ? demanda-t-il durement en reprenant l'expression de froideur impassible qui lui était habituelle.

— Rien !... je... j'avais cru un instant... je me suis trompée, pardonnez-moi, monsieur, balbutia-t-elle toute confuse.

Sans demander plus d'explications, le fermier lui exprima de nouveau le désir qu'elle partît sans revoir Marie. Force fut donc à madame Henri d'obéir, d'autant plus que Muller eut soin de veiller lui-même à ce que ses ordres fussent exécutés.

Marie, en se réveillant, trouva à la place de la charmante enfant dont elle avait presque fait une amie, une femme de chambre élégante, au courant des modes et des coiffures nouvelles.

————•——

CHAPITRE VIII.

UNE EXISTENCE EN PARTIE DOUBLE.

Depuis le départ de madame Henri, le caractère de Marie Muller changea complétement. L'isolement dans lequel vivait la jeune fille, les étranges allures de l'ancien fermier, l'espèce de séquestration où il la tenait, influèrent sur son humeur de la manière la plus funeste. Elle devint exigeante, capricieuse. Ses goûts simples d'autrefois firent place à des fantaisies ruineuses que Muller tentait vainement de satisfaire, car l'objet convoité par la jeune fille n'était pas plutôt en sa possession qu'il cessait de lui plaire et qu'elle en désirait un autre.

Muller, inflexible lorsque Marie voulait obtenir de lui la permission de lier con-

5*

naissance avec des jeunes filles de son âge
ou de retourner à l'église Notre-Dame-
des-Victoires pour y voir la dame en deuil
dont elle avait si bien gardé le souvenir,
se faisait volontiers l'esclave de tous ses
caprices, quand il croyait les satisfaire à
force d'or et de démarches.

Comment l'humble fermier pouvait-il,
avec les économies faites sur le revenu de
sa ferme, suffire à des dépenses qui, au
bout de quelques mois, devaient repré-
senter une somme plus considérable que
la valeur totale de ses biens ?

Marie ne cherchait point à résoudre ce
problème. Muller lui avait dit une fois
qu'ayant retiré une forte somme de la
vente de sa ferme, il se livrait à des spé-
culations de Bourse dont le succès avait
dépassé son espoir. La jeune fille s'était
contentée de cette explication. Comme jamais son père ne lui adressait le moindre
reproche au sujet de ses dépenses exagé-
rées, Marie, le croyant de bonne foi immen-
sément riche, n'éprouvait aucun remords
des fantaisies extravagantes à l'aide des-
quelles elle essayait de lutter contre l'in-

curable ennui qui altérait sa santé en aigrissant son caractère.

L'existence que menait Muller aurait pu sembler bizarre, même à une jeune fille ignorante du mal comme l'était Marie, s'il n'eût pris de minutieuses précautions pour lui donner le change sur des faits dont elle aurait eu raison de s'étonner.

Chaque semaine il s'absentait pendant plusieurs jours, laissant Marie seule avec une femme de chambre, d'âge respectable, remplaçant l'élégante soubrette bientôt renvoyée par la jeune fille. Quelquefois on le voyait arriver à l'improviste pour conduire Marie au spectacle ou au concert; mais après l'avoir ramenée chez elle, il repartait le même soir, disant que des affaires l'empêchaient de rester plus longtemps. Muller trouvait sans cesse de nouveaux prétextes pour motiver ces absences. Tantôt il faisait construire des maisons en province, tantôt un de ses amis, gravement malade, réclamait sa présence en Alsace. Une autre fois c'était une compagnie à laquelle il avait confié des fonds et dont le caissier était en fuite, ou une usine qu'il comman-

ditait et dont les ouvriers s'étaient mis
en grève. Marie acceptait avec confiance
toutes les raisons qu'il plaisait à Muller
de lui donner. Mais elle s'ennuyait à mourir
et finissait par souhaiter qu'un événement,
quel qu'il fût, vint rompre l'insupportable
monotonie de la vie qu'elle menait.

C'était là, certes, un souhait imprudent,
car dans la position où elle et son père se
trouvaient — dont Marie ignorait la gravité — la circonstance la plus insignifiante
pouvait, en effet, amener un événement,
ou plutôt une épouvantable catastrophe.

— Père, dit un jour la jeune fille en
rentrant du spectacle, on annonce pour la
semaine prochaine une brillante représentation à l'Opéra. Ce serait pour moi une
excellente occasion de mettre la robe de
velours bleu que vous m'avez donnée.
Voulez-vous m'y conduire ?

— Certes, oui, dit Muller avec l'empres-
sement d'un bon papa tâchant d'être
agréable à sa fille. Tu es une petite
coquette ; ce serait cruel de te faire manquer une si belle occasion de mettre ta
robe de velours bleu. Quel jour sera-ce ?

— Mercredi ; seulement, je ne sais quelle parure mettre avec ma robe. Mes cheveux seront ornés d'un rang de perles fines, mais comme bijoux...

— Je comprends... tu voudrais des boucles d'oreilles, n'est-ce-pas ?

— Oh ! oui... au moins ; mon collier d'or pourrait peut-être aller.... à la rigueur.

— Bon ! bon ! j'entends ! Nous verrons à tout arranger pour le mieux. Tu dis que c'est pour mercredi ? Nous sommes à vendredi ; le temps ne nous manque pas.

— Que vous êtes bon ! Mais vous n'allez pas voyager d'ici à mercredi, j'espère ?

— Au contraire, je pars dimanche pour la Touraine; je vais peut-être y acheter une propriété où je te mènerai passer l'été.

— Tant mieux, ce sera charmant ! Nous voici arrivés ; montez le premier, père.

Muller obéit. En atteignant la porte de son appartement, et comme il se disposait à l'ouvrir, il aperçut, à la lueur du bec de gaz éclairant l'escalier, une croix entourée d'un cercle, tracé à la craie sur le panneau.

Ses traits se contractèrent sous l'empire d'un vif sentiment de contrariété. D'un revers de main il fit disparaître la craie, et, ouvrant la porte, entra avec Marie.

— Bonne nuit, mignonne, lui dit-il ; bonne nuit et adieu. Je pense que je ferai mieux de partir cette nuit pour la Touraine ; il y a justement un train à deux heures, et de la sorte je serai de retour mardi pour m'occuper des préparatifs de notre soirée à l'Opéra.

— Vous allez partir cette nuit ! fit tristement Marie.

— Il le faut, petite. Allons, rentre vite chez toi, dors bien et ne me retarde pas ; je n'ai que tout juste le temps de changer de costume et de préparer ma valise.

Muller entra dans sa chambre et y resta enfermé plus d'une heure. Quand il en sortit, en marchant sur la pointe des pieds pour ne pas troubler le sommeil de Marie, il était enveloppé d'un ample manteau imperméable et tenait à la main une petite valise. Sa tête était couverte d'une de ces casquettes à oreilles, commodes peut-être, mais peu gracieuses, dont beaucoup d'Anglais se servent en voyage. Le bas de son visage disparaissait dans les plis d'un immense cache-nez faisant deux fois le tour de son cou. Si Marie l'eût vu ainsi, elle aurait à coup sûr cessé de craindre qu'il ne souffrît du froid, car le brave fermier était si bien enveloppé qu'à moins d'entendre sa voix il était impossible de le reconnaître. Il donna son nom au concierge et prévint qu'il se rendait en Touraine pour deux ou trois jours.

Puis, descendant rapidement le boulevard de Strasbourg, il arriva en quelques iustants au grand boulevard. Là il regarda autour lui et s'assura que nul ne l'avait suivi. S'adressant alors à un agent de police qui montait la garde à peu de distance :

— Seriez-fous assez bon, lui dit-il, pour m'enseigner mon chemin ? Je fais à l'hôtel te..., rue t'Apoukir. Che n'ai pas pu troufer ein foiture à la care.

— Ça ne m'étonne pas, dit l'agent : à cette heure-ci il y a peu de voitures, et ce sont les voyageurs les plus lestes qui les prennent.

Il y avait dans ces paroles une intention malicieuse, car l'air lourd et un peu gauche du fermier, embarrassé par son manteau, son cache-nez et sa valise, n'annonçait à coup sûr pas la vivacité.

— Mais, continua l'agent, ce n'est pas bien loin. Traversez le boulevard, suivez-le de ce côté jusqu'à la hauteur de la porte Saint-Denis, tournez à gauche, la première rue à droite est la rue d'Aboukir, et l'hôtel que vous cherchez est la quatrième maison à droite en entrant par là.

— Merci bien ! La porte Saint-Tenis c'être ein crante porte, n'est-ce pas ?

— Oui, fit l'agent en riant, une très-grande porte, à votre droite, sur le boulevard, vous ne pouvez vous tromper.

— Pon ! je gombrends barfaitement. Merci pien !

Muller s'éloigna en marchant avec bruit. Il semblait plus tranquille ; pendant son colloque avec l'agent, pas un passant n'avait paru sur le boulevard, mieux éclairé en ce moment par les rayons de la lueur des réverbères.

Suivant scrupuleusement les instruc-

tions qu'on lui avait données, il quitta le
boulevard en face de la porte Saint-Denis ;
mais au lieu de prendre la rue d'Aboukir,
il suivit la rue Saint-Denis, marchant le
long des maisons placées à sa droite et qui
projetaient leur ombre sur le trottoir.

Tout en marchant, il se débarrassa de
son cache-nez qu'il plia soigneusement.
Ouvrant, en poussant un ressort, la petite
valise qu'il tenait à la main, il en tira une
sorte de bonnet écossais en velours noir,
orné d'un long nœud de rubans et le mit
sur sa tête. Puis il serra le cache-nez et la
casquette à oreilles dans la valise, dont il
fit rentrer les deux côtés l'un dans l'autre
de la manière dont on aplatit les chapeaux
Gibus, ce qui lui permit de placer la valise
elle-même dans une des énormes poches
de son manteau. Cela fait, il ôta le manteau, le plia du côté de la doublure en
flanelle à grands carreaux de couleur éclatante et le mit sur son bras.

Le père de Marie, le simple fermier alsacien, le gros et lourd Allemand qui avait
demandé son chemin à l'agent, parut alors
complétement transformé. C'était mainte-

nant un gentleman de taille moyenne, de tournure distinguée, vêtu d'un paletot de voyage à longue taille, d'une coupe irréprochable, portant sur le bras gauche son plaid écossais, et dont l'épaisse chevelure de même nuance que ses cheveux roux s'échappant en boucles nombreuses du bonnet de velours noir, révélait l'origine britannique.

Cette transformation, opérée tout en marchant, avait conduit Muller jusqu'à une ruelle étroite et sombre, dans laquelle il entra sans hésiter et en homme qui sait où il va. Il s'arrêta devant la seconde maison, passa la main dans une chatière pratiquée au bas de la porte et tira une corde qui fit jouer la serrure. La porte étant ainsi ouverte, il s'engagea dans une longue et étroite allée, en suivant avec la main la muraille humide, jusqu'à la rampe, non moins humide, d'un escalier dont le bas était encombré par les paniers de pommes que les marchands de la halle y mettaient en réserve. Une lueur incertaine, venant d'une petite cour à travers les épais barreaux de fer d'une fenêtre donnant sur l'escalier, permit à Muller d'atteindre le premier étage.

— Qui va là? demanda la voix cassée d'une vieille femme sortant d'un recoin placé à gauche du palier.

— C'est moa, vô ne reconnaissez pas les hâmis, vieille folle! dit Muller, dont la voix, passant entre ses dents serrées, paraissait toute différente de ce qu'elle était habituellement.

— Ah! c'est vous, sir John! entrez! les autres sont là; fit la vieille portière, qui reprit son somme interrompu.

Muller, ou plutôt sir John, puisque tel était le nom qu'on venait de lui donner, passant devant la loge, descendit quatre ou cinq marches, suivit un corridor, et, poussant une porte, se trouva dans une petite pièce, où une épaisse fumée de tabac ne lui permit qu'à peine de distinguer trois hommes qui jouaient aux cartes en l'attendant.

Parmi ces hommes se trouvait notre ancienne connaissance, Stephan, le Madgyar; les deux autres étaient sans doute déguisés; l'un paraissait un vieillard des plus respectables, l'autre était un jeune homme qui portait avec une répugnance manifeste une blouse bleue, tachée et rapiécée, et une casquette dont la malpropreté offrait un contraste... compromettant, avec des mains trop soignées pour être accoutumées au travail.

— Enfin, te voilà ! c'est heureux ! fit le Madgyar dont le langage français était devenu un peu plus compréhensible. Assieds-toi et causons; les moments sont précieux, il s'agit d'une bonne affaire.

— Il faut, en effet, que l'affaire soit importante ; autrement je ne te pardonnerais pas d'être venu me relancer jusque chez moi, dit le faux Anglais d'un ton rogue.

— En deux mots, voici la chose, intervint le vieillard, qui n'avait pas encore parlé. Madame X..., la fameuse cantatrice, qui chantera le rôle principal mercredi prochain à l'Opéra, a, dit-on, des diamants de toute beauté, dont elle doit se parer pour la représentation. Son mari fait partie des clubs à la mode ; rien de plus facile pour un ami, membre de ces clubs, que de pénétrer chez lui et de prendre l'empreinte des serrures. Le reste nous regarde, et la part de chacun sera bonne, car M. et

Mme X... sont fort riches; outre les diamants il y a quantité de bijoux, de l'or et des valeurs de différentes sortes.

Stephan, le Madgyar, approuvait du geste, Muller réfléchissait; quant au jeune ouvrier, il dit d'un air méprisant :

— Dans tout cela, je ne vois pas pourquoi vous m'avez fait venir. Je veux bien paraître ignorer vos opérations; mais vous n'espérez pas, je suppose, m'y voir prendre part.

— A moins de nécessité, *l'Innocent,* dit le Madgyar. Or, c'est justement parce que nous avons besoin de toi que je t'ai appelé. Tu es l'ami de M. X"", dès demain tu vas le voir sous prétexte d'une affaire importante, à une heure où tu sauras ne rencontrer ni lui ni sa femme. Les domestiques te connaissent, ils t'introduiront dans l'appartement pour attendre ton ami, tu prendras les empreintes, et le tour sera joué.

— Jamais ! s'écria le jeune homme indigné.

— De quoi ? fit le vieillard avec une vivacité singulière chez un homme dont la longue barbe et les cheveux d'un blanc de neige accusaient au moins soixante et dix ans. De quoi ? On fait le méchant ? Eh bien ! petit, et notre héritage, nous n'en voulons donc plus ? Et ce cher cousin Paul, nous ne songeons donc plus à nous en débarrasser ?

Que dirais-tu si l'on montrait à la bonne tante d'Ortigny certain papier tant soit peu compromettant signé par son neveu Eugène ?...

— Assez ! dit Eugène, j'obéirai ; mais que maudit soit le jour où je me suis associé avec vous !

— Allons ! petit ingrat, tu ne parlais pas ainsi quand je t'ai arraché aux mains de ce brave sir John, qui allait t'étrangler : ricana le Madgyar. Et toi, l'Anglais, que dis-tu de notre projet ?

— Je dis que l'histoire de ces diamants fera un horrible tapage.

— Bah ! pendant huit jours ; puis on parlera d'autre chose. En ce moment on songe trop à la politique pour s'occuper longtemps des diamants d'une actrice. D'ailleurs la chose en vaut la peine. Tu pourras donner de belles parures à ta fille.

— Que Dieu m'en préserve! murmura Muller avec une sorte d'effroi. Stephan, je t'ai déjà défendu ces allusions.

— C'est bon! ne vous fâchez pas, dit le Madgyar d'un ton conciliant. Tu marches avec nous, n'est-ce pas, John? Cette fois on divisera les profits en quatre parts au lieu de trois; il faut encourager cet enfant.

— Moi! murmura Eugène, partager l'argent du vol; oh!

— Comme tu voudras! fit brusquement Muller. On ne te forcera pas. Ne dirait-on pas que tu vaux mieux que nous? Tu es plus hypocrite, voilà tout. Ainsi, camarades, vous entendez; nous partagerons en trois comme à l'ordinaire; monsieur travaille pour la gloire.

Tout le monde éclata de rire, à l'exception d'Eugène, qui reprit d'une voix mal assurée :

— Non... je... j'accepte ma part.

— A la bonne heure! s'écria le Madgyar

en lui serrant la main à la briser ; cette
fois te voilà des nôtres !

Il fut convenu que les trois principaux
associés passeraient la journée dans la
retraite qu'ils s'étaient choisie. Eugène seul,
retourna chez lui. Il devait non-seulement
aller chez la cantatrice pour prendre les
empreintes, mais faire en sorte que plusieurs membres du « club » y allassent le
même jour à différentes heures, afin de
détourner les soupçons qui pourraient se
porter sur lui. L'entrée en campagne des
autres associés fut fixée au dimanche soir.

La cantatrice avait l'habitude d'aller
avec son mari passer le dimanche chez sa
mère, à la campagne, et les domestiques
profitant de leur absence pour se distraire
de leur côté, la maison était, ce jour-là,
assez mal gardée.

Le plan, habilement conçu, réussit sans
doute à merveille. Le lundi, à l'aube du
jour, une vieille femme couverte de vêtements sordides et portant un panier paraissant contenir de misérable chiffons,
sortit tranquillement de la maison où nous
avons vu Muller entrer le vendredi soir,

Elle semblait aller chercher ses provisions de la journée, et n'avait nullement la mine effarée d'une commère dans la demeure de laquelle des voleurs viennent d'être arrêtés.

Elle n'entra cependant chez aucun marchand, mais avisant le premier fiacre vide qui passa rue de Rivoli elle appela le cocher.

— Voulez-vous, dit-elle, d'une voix cassée, gagner un bon pourboire ? Menez-moi à Choisy le plus vite que vous pourrez.

— Hum ! fit le cocher jetant un regard dédaigneux sur le costume de sa pratique, quel pourboire donnez-vous ?

— Tenez ! en voici la moitié, dit la vieille glissant cinq francs dans la main de l'automédon. J'ai mon pauvre fils, jardinier à Choisy, qui vient de se casser la jambe, et je n'ai jamais pu me décider à entrer dans un wagon ; je ne peux pas m'y décider encore, malgré toute mon inquiétude.

— Allons, montez, la mère ; on tâchera d'aller vite, dit le cocher avec insouciance.

Ce même jour, le train de Tours arrivant

5**

à Paris à trois heures quatre minutes du soir, y amena le fermier Muller, portant sur le bras le grand manteau noir qu'il avait en sortant de chez lui le vendredi soir, mais vêtu, comme toujours quand il sortait avec Marie, d'un paletot gris-bleu à revers de velours noir, et coiffé d'un chapeau de forme ordinaire qui n'avait absolument rien d'excentrique.

Il serra la main d'un employé qui traversait la gare.

— Tiens! fit celui-ci, c'est vous, monsieur Muller! D'où venez-vous donc?

— Je viens de Tours, dit le fermier; je suis parti vendredi soir; j'avais espéré conclure l'achat d'une propriété où j'aurais pu conduire cet été ma fille, dont la santé est toujours délicate. Mais je n'ai pu m'entendre avec le propriétaire.

— Ah! c'est fâcheux, dit l'employé, espérons qu'une autre fois vous serez plus heureux.

Muller prit un fiacre et se fit conduire chez lui. Il trouva devant la porte une voiture, dont le cocher et le laquais portaient une livrée de deuil.

— Vous arrivez bien, monsieur, lui dit le concierge. Une dame vient justement de monter chez vous en disant qu'elle aurait voulu vous parler, mais que mademoiselle peut lui donner le renseignement dont elle a besoin.

En moins d'une seconde, Muller fut chez lui. Il ouvrit brusquement la porte du salon, où Marie venait de faire asseoir une dame en deuil.

— Voilà mon père ! s'écria la jeune fille, d'un air à la fois joyeux et embarrassé.

— Pardon, monsieur, dit l'inconnue en le saluant, je suis la comtesse d'Ortigny.

CHAPITRE IX.

LE MÉDAILLON.

La présence chez Muller de madame d'Ortigny, dont il redoutait plus que tout au monde la rencontre avec Marie, avait causé au fermier une impression terrible.

L'explication de cette visite était pourtant toute simple. Renvoyée par Muller, madame Henri avait dû chercher une autre place. Elle s'était présentée chez la comtesse, qui avait justement besoin d'une femme de charge, et celle-ci venait demander à Muller des renseignements sur le compte de la personne qui avait passé plusieurs mois auprès de sa fille.

La surprise de madame d'Ortigny, en reconnaissant la jeune fille qu'elle avait remarquée à l'église, fut moins grande en-

5***

core que le trouble de Marie en revoyant ainsi tout à coup la dame dont son père lui avait recommandé tant de fois d'éviter la rencontre.

En arrivant avant que la comtesse eût eu le temps d'exposer le but de sa visite, Muller porta au comble l'angoisse de la pauvre enfant, qui redoutait à la fois les reproches de son père et la manière dont il recevrait « la dame en deuil ». Elle paraissait toute décontenancée.

Muller, cependant, domina promptement le trouble que lui-même avait ressenti. Mais les renseignements qu'il donna sur le compte de madame Henri causèrent à la jeune fille un étonnement mêlé d'indignation.

Il ne voulait pas, dit-il, empêcher une mère de famille de gagner le pain de son enfant; il préférait ne pas révéler le motif qui l'avait obligé de renoncer à ses services. Mais ce motif était grave, puisque madame Henri avait dû quitter sa maison du jour au lendemain, sans même dire adieu à sa jeune maîtresse, qui s'était attachée à elle, et à qui Muller n'avait pas cru devoir confier la raison de ce brusque départ.

Le ton de l'ancien fermier, quoique poli, était peu engageant. Madame d'Ortigny, comprenant que sa présence était importune, abréga sa visite et n'osa pas même témoigner à la jeune fille le plaisir qu'elle avait à la revoir.

Mais, nous l'avons dit, le caractère de Marie s'était modifié d'une manière fâcheuse par suite de l'existence bizarre à laquelle son père la condamnait. Après le départ de la comtesse d'Ortigny elle éclata en sanglots et reprocha vivement à Muller son injustice à l'égard de madame Henri.

— Oublie madame Henri et cette comtesse de malheur! répliqua brusquement celui-ci, qui semblait aussi sous l'empire d'une surexcitation violente. Mets dans des malles le plus d'effets que tu pourras; il faut que ce soir nous ayons quitté la maison! Nous passerons la nuit à l'hôtel, et demain j'aviserai à trouver un autre logement.

L'annonce de ce déménagement subit porta au comble l'irritation de la jeune

fille, et, pour la première fois, elle s'oublia
au point d'adresser à Muller des paroles
dont elle était loin de comprendre toute
la portée, mais qui produisirent sur lui un
effet foudroyant.

— En vérité, mon père, dit Marie, vous
ne prendriez pas plus de précautions pour
vous cacher si nous étions des malfaiteurs,
ou si, au lieu d'être votre fille, j'étais une
enfant enlevée par vous à ses parents !

En achevant ces mots, elle sortit du salon pour aller, suivant les ordres de Muller,
s'occuper des préparatifs du départ. C'é-
tait de sa part une boutade d'enfant gâté,
et elle n'eut garde de se retourner pour
voir comment ces airs de rébellion étaient
accueillis par son père.

Si elle s'était retournée, elle aurait vu
le malheureux chanceler comme s'il eût
été frappé au cœur, et s'appuyer contre le
mur pour ne pas tomber.

— Elle !... murmura-t-il en passant
d'un air égaré sa main sur son front couvert d'une sueur froide. Elle !.. oh ! Seigneur
mon Dieu, est-ce que le moment de la puni-
tion approche ?

Après être resté quelques intants dans une sorte d'anéantissement, il sembla prendre une résolution subite et marcha vers la porte de la chambre de Marie.

Mais au moment d'ouvrir cette porte, il s'arrêta.

— Non ! fit-il résolûment; à quoi bon lui dire maintenant? Elle me mépriserait, elle me maudirait ! Il sera toujours temps d'en venir là ! Je parlerai à Stephan. Il sait tout ce j'ai risqué pour elle ; il m'aidera !

Ainsi que l'avait décidé Muller, on passa la nuit à l'hôtel ; puis, dès le lendemain, il installa sa fille dans un élégant pavillon dépendant d'une belle maison située avenue de Latour-Maubourg.

L'ancien fermier était profondément triste. Marie s'accusait intérieurement de l'avoir affligé. Elle regrettait d'avoir montré un mauvais caractère alors que peut-être son père aurait eu besoin de trouver auprès d'elle une consolation à des peines qu'elle ignorait. La jeune fille aurait voulu effacer par une parole affectueuse le fâcheux souvenir de ce qui s'était passé ;

mais Muller ne lui en offrit pas l'occasion.
Grave et silencieux, il se montrait envers
-elle d'une réserve qui glaçait toute expan-
sion, et à laquelle Marie aurait préféré
même des reproches sévères.

Le mercredi matin cependant, Muller
dit à sa fille qu'il était obligé de passer la
journée dehors, mais que le soir il viendrait pour la conduire à l'Opéra, et qu'elle
eût soin de se tenir prête.

Marie le remercia avec effusion.

— Tu ne méprises donc pas ton pauvre
père quoique tu le prennes pour un malfaiteur? lui dit-il en souriant tristement.

— Pour un malfaiteur ! s'écria Marie en
lui baisant la main qu'il retira précipitamment; vous, mon père? Vous ! le plus
honnête homme qui soit au monde ! Je
vous respecte, je vous vénère, je prie Dieu
chaque jour de vous bénir comme vous
le méritez; je lui demande la grâce de
n'oublier jamais les conseils que j'ai le
bonheur de recevoir de vous...

— Tais-toi ! interrompit vivement le
fermier incapable de maîtriser son trouble.

— Mon Dieu ! Est-ce que j'ai dit quelque

chose de mal ? fit Marie toute tremblante.

— Non... mais... si... (tu comprends bien que c'est une supposition), si, au lieu d'être un honnête homme, j'étais... un misérable... est-ce que tu me mépriserais ? Est-ce que tu pourrais me repousser, oublier tout à coup les soins, l'affection, le dévouement dont je t'ai toujours entourée ?

Marie éclata de rire.

— Vous, un misérable ! fit-elle ; est-ce que c'est possible ? C'est vous qui m'avez inspiré des sentiments d'honneur, de probité ; vous qui m'avez appris à craindre Dieu et à l'aimer ! Vous m'avez répété sans cesse qu'un honnête homme n'est jamais malheureux, parce qu'il a pour soutien le témoignage de sa conscience, tandis que celui dont la conscience n'est pas tranquille souffre d'horribles tortures, alors même que son sort est, en apparence, digne d'envie. Est-ce que si vous n'étiez pas un honnête homme, vous auriez donné de pareilles leçons à votre enfant ?

Muller courba la tête et ne répondit pas tout d'abord.

— Tu as raison, dit-il enfin poussant un profond soupir et se disposant à s'éloigner.

— Eh bien! vous partez sans m'embrasser? Est-ce que vous êtes encore fâché contre moi? fit Marie en lui présentant son front.

Il s'avança vers elle; mais au lieu d'effleurer de ses lèvres le front si pur de la jeune fille, il murmura d'une voix étouffée qui ressemblait presque à un sanglot :

— Pardon ! Oh ! pardon !

— Pardon de quoi? se demanda Marie restée seule; ce méchant père! il me demande pardon d'avoir oublié de m'embrasser, et il s'en va sans m'embrasser. Je le gronderai joliment ce soir ; d'autant plus qu'il a oublié aussi de m'apporter la parure qu'il m'avait promise.

En bavardant de la sorte avec elle-même mademoiselle Marie allait et venait, mettant en ordre différents objets qui n'avaient pas encore trouvé leur place dans le nouvel appartement.

— Tiens ! fit-elle tout à coup, papa n'a pas pensé à ôter la clef de son bureau !

Elle essaya de fermer le tiroir et s'aperçut qu'une boîte assez volumineuse l'en empêchait. Or, cette boîte était un écrin ; ce qu'apercevant Marie, elle ne se fit aucun scrupule de l'ouvrir.

— Pauvre cher père ! pensa-t-elle, c'est la parure qu'il devait m'offrir ; et comme j'ai été méchante, il l'a laissée là pour que je la prenne moi-même, au lieu de la recevoir de sa main.

Ce n'était point une parure, mais seulement un médaillon, soutenu par un rang de perles fines. Ce médaillon, enrichi de diamants, était d'une telle richesse, que la jeune fille resta un moment muette d'admiration.

— Oh ! c'est trop ! c'est trop beau ! dit-elle enfin ; cher bon père, comme il me gâte ! Et comme ce médaillon accompagnera bien ma robe de velours bleu ! ajouta-t-elle avec une joie d'enfant.

Comme bien on le pense, Marie fut prête avant l'heure dite. Quand Muller arriva pour la chercher, elle eut soin de s'envelopper dans sa pelisse de satin garnie de cygne, de manière à ne pas laisser voir le

6

médaillon, dont elle voulait que son père
pût admirer l'effet à la clarté du lustre.

Ce devait être une fête splendide. Le « tout
Paris » des arts, de la littérature, de l'élé-
gance, s'y était donné rendez-vous. On
devait entendre une cantatrice dont le talent avait d'ardents partisans et des ennemis acharnés. Une aventure dont elle venait d'être l'héroïne avait, quelques jours
auparavant, fait un tel bruit autour de
son nom, que certaines gens l'accusaient
d'avoir imaginé cette aventure comme
moyen de réclame. On disait que d'adroits
voleurs s'étaient introduits chez elle à
l'aide de fausses clefs et avaient emporté
des diamants et des bijoux pour une somme
considérable. Vraie ou fausse, cette histoire avait encore contribué à attirer la
foule à l'Opéra. Les uns voulaient entendre
la cantatrice ; les autres voulaient voir si,
comme on le prétendait, elle paraîtrait en
scène sans diamants.

Eugène de Marville dînait ce soir-là chez
madame d'Ortigny, et après le dîner il devait accompagner Paul à l'Opéra. Madame
de Marville avait déclaré qu'elle préférait

rester auprès de sa « bonne cousine »;

Eugène et sa mère étaient soucieux. Madame d'Ortigny leur avait raconté sa visite à Muller, et, malgré leurs conseils, malgré les renseignements peu satisfaisants qu'elle avait reçus, elle s'était obstinée à prendre madame Henri comme femme de charge. Cette dernière n'avait paru que médiocrement surprise lorsqu'on lui avait annoncé que Muller n'avait pas voulu avouer le motif de son départ de chez lui. Cependant elle aussi s'était refusée à donner des explications.

— Ceci confirme mes soupçons, avait-elle dit seulement; mais je ne veux rien affirmer avant d'avoir une certitude.

— Vous êtes par trop confiante, ma cousine, dit madame de Marville pendant le dîner. Nous ignorons quelle est cette femme. Peut-être est-elle affiliée à quelque bande de malfaiteurs. Vous savez l'histoire de madame X... la cantatrice ?

— Je sais ; mais je ne crois pas que madame Henri soit une voleuse, dit madame d'Ortigny. La fille de M. Muller ne paraît nullement partager l'opinion de son père à l'égard de cette pauvre femme. Et quant aux voleurs des diamants, il paraît qu'on les connaît déjà... Qu'avez-vous donc, Eugène? Votre physionomie est toute bouleversée. Il fait peut-être trop chaud ici ; voulez-vous qu'on ouvre une fenêtre ?

— Oui... en effet... je... je ne me sens pas bien, balbutia M. de Marville en s'approchant d'une fenêtre ouverte. Excusez-moi, ma tante, je vais me retirer chez moi. Paul, j'irai te rejoindre au théâtre.

Madame d'Ortigny s'inquiéta de bonne foi de l'indisposition du jeune homme. Quant à madame de Marville, serrant ses lèvres minces, elle maudit intérieurement la faiblesse de caractère de son fils, qui ne lui permettait pas de dominer ses impressions, et de rester calme lorsqu'on parlait devant lui des gens qu'il redoutait comme Muller et sa fille.

On était déjà à la moitié du premier acte lorsque M. de Marville rejoignit son cousin. Il s'aperçut que Paul dirigeait souvent sa lorgnette vers une loge placée à gauche de la scène.

— Que regardes-tu donc là ? fit-il en riant.

— Une très-jolie personne, dit M. d'Ortigny, et aussi les magnifiques diamants dont elle est parée. Ce médaillon est même trop riche pour une si jeune fille; c'est inconvenant. Vois plutôt.

Eugène tourna ses regards vers une charmante jeune fille en robe de velours bleu, et reconnut Marie Muller. Mais quand il eut aperçu le médaillon, un tremblement convulsif s'empara de lui. Disant à son cousin qu'il était de nouveau indisposé, il sortit précipitamment, sans s'inquiéter de la mine peu gracieuse des auditeurs qu'il dérangeait.

Un instant après, un fait étrange se produisit ; la fameuse cantatrice, qui était alors en scène, se troubla soudain en regardant à son tour du côté de Marie Muller. Sa préoccupation pendant tout le reste de l'acte fut si grande que son chant s'en ressentit, ce qui donna beau jeu à ses ennemis et remplit ses partisans de confusion.

Cependant Eugène, montant rapidement

l'escalier du premier étage, s'était fait
ouvrir la loge où Muller, debout derrière
sa fille, attribuait à la beauté de Marie
les regards qui se tournaient de leur côté.

Il fronça le sourcil en apercevant le
jeune homme; mais celui-ci, dont Marie
ne remarqua même pas la présence, prit
le fermier par la main et le tira violemment dans le corridor.

— Êtes-vous fou ? dit-il d'une voix sourde.
Le médaillon... !

— Quel médaillon?

— Eh ! celui que votre fille a au cou !
Vous voulez donc tous nous faire pen-
dre ?

Muller n'avait pas vu le bijou que Marie,
tout occupée du spectacle, avait oublié de
lui faire remarquer. A ces paroles d'Eugène
il rentra précipitamment dans la loge, se
pencha vers sa fille et comprit ce qui s'é-
tait passé. Par un mouvement plus prompt
que la pensée, il saisit la pelisse de Marie,
et obligeant celle-ci à se lever, l'en enveloppa.

— Quoi ! nous partons ! fit-elle toute

désappointée, sans attendre même la fin de l'acte?

— Tais-toi! dit tout bas Muller en l'entraînant; je me trouve mal, je me sens mourir; viens!

— En effet, vous tremblez de tous vos membres. Pauvre père! Ah! mon médaillon! je ne l'ai plus!

— Tais-toi! te dis-je, gronda le vieillard en lui serrant fortement le bras. Il s'est détaché; je viens de le ramasser.

Au moment où Muller, entrant avec Marie dans le premier fiacre venu, jetait au cocher son adresse, l'acte finissait, et une nouvelle bizarre circulait dans la salle:

La cantatrice, disait-on, venait de reconnaître, au cou d'une jeune femme en robe de velours bleu, l'un des bijoux qui lui avaient été volés.

On courut à la loge désignée par elle. La jeune femme venait de partir avec le vieillard qui l'accompagnait.

Un jeune homme, assurèrent les ouvreuses, était venu les chercher en toute hâte. Cependant on sut, au contrôle, que nul n'était venu du dehors à ce moment de

l'acte, et que personne, sauf un vieux
monsieur et sa fille, n'était sorti du théâtre.
Un spectateur du parterre avait donc dû
monter aux loges.

Les ouvreuses, après avoir attentivement
étudié toutes les physionomies du parterre,
déclarèrent ne pas reconnaître le jeune
homme en question.

Il avait sans doute attendu l'entr'acte
pour sortir avec d'autres personnes.

Paul d'Ortigny, en écoutant les versions
qui circulaient ainsi, ne put s'empêcher
de remarquer que son cousin était sorti
du théâtre avant l'entr'acte, qu'il avait
dû passer au contrôle, et qu'il était au
moins étrange qu'on ne l'eût pas aperçu.

CHAPITRE X.

LE CABARET DU PUITS-QUI-PARLE. — JÉRÔME
DIT BON-GARÇON. — LA LUTTE.

Madame d'Ortigny traitait avec douceur
et bonté toutes les personnes employées à
son service ; mais, en dépit des réticences
de Muller, elle montrait une sorte de préférence à madame Henri et à sa fille. Quoiqu'elle se répétât sans cesse que Marie
Muller n'avait, ne pouvait avoir rien de
commun avec l'enfant qu'elle pleurait depuis si longtemps, elle trouvait cependant
un grand plaisir, presque une consolation,
à parler d'elle, et à en entendre parler par
les personnes qui l'avaient connue. Elle se
faisait raconter les moindres détails relatifs
au caractère de la jeune fille à la manière

6'

dont elle employait son temps. La comtesse aurait surtout voulu savoir comment était la mère de Marie, et quel souvenir elle avait laissé dans le cœur de son enfant.

Malheureusement, madame Henri et Céline ne pouvaient rien lui apprendre à ce sujet. Marie, disaient-elles, devait être très-jeune quand elle avait perdu sa mère, car elle n'en parlait jamais.

Mais madame Henri, encouragée par la bienveillance de la comtesse, finit par lui raconter toute son histoire. Elle lui avoua qu'elle croyait avoir reconnu son ancien fiancé, Jacques Bernard, dans l'homme qui se faisait appeler Muller, et qu'elle croyait avoir aussi été reconnue par lui, ce qui était la seule explication vraisemblable de la manière dont il l'avait renvoyée.

— J'aurais été vraiment heureuse de revoir cette jeune fille ! dit un jour en présence de Paul, la comtesse à madame Henri.

— Moi aussi, Madame, j'en aurais été bien heureuse ! répondit celle-ci. Malgré le mauvais accueil que je pouvais m'attendre à recevoir de la part de Jacques...

je veux dire de M. Muller... j'ai été demander des nouvelles de mademoiselle Marie. Mais il paraît qu'elle et son père ont quitté la maison le soir même du jour où madame la comtesse a été chez eux, et qu'ils n'ont pas laissé leur nouvelle adresse.

— Comment? s'écria Paul, ils ont déménagé précisément le jour où ma tante est allée chez eux ? Voilà qui est étrange ! Ce ne peut être cependant cette visite qui les a décidés à partir.

— Pourtant... si c'était ma visite!... murmura d'une voix tremblante madame d'Ortigny, en joignant les mains sur son cœur, comme pour en comprimer les battements, et en attachant sur le jeune homme un regard anxieux. Dis, Paul, si c'était ma visite?... Ce serait donc... ce serait cette jeune fille ?...

— Hélas! ma bonne tante, ceci ne prouverait encore rien, dit M. d'Ortigny effrayé du trouble de la pauvre mère. Si ce Jacques Bernard a pris le nom de Muller et qu'il ait éloigné son ancienne fiancée, il est tout simple qu'il ait changé de demeure à cause d'elle et pour empêcher sa fille de la revoir.

— Oui, c'est vrai! fit madame d'Ortigny découragée ; mais pourquoi justement le jour de ma visite ?

Quoiqu'il ne voulût pas donner à sa tante un espoir qu'il traitait d'extravagant, Paul était cependant frappé, lui aussi, par cette singulière coïncidence.

— Vous n'avez pas, demanda-t-il à madame Henri, cherché à savoir ce qu'était devenu Jacques Bernard après l'époque où vous l'avez perdu de vue ?

— Pardonnez-moi, Monsieur ; depuis que j'ai cru le reconnaître sous le nom de Muller, j'ai fait bien des démarches, mais sans pouvoir arriver à une certitude. J'ai été à l'imprimerie où il travaillait autrefois : on m'a dit qu'il avait disparu subitement au commencement de l'année 1854, et depuis on n'en avait plus entendu parler. Ses anciens camarades ont tous quitté le quartier, on ne sait pas ce qu'ils sont devenus. On m'avait engagée à demander des renseignements à un marchand de vin chez

qui Jacques allait souvent, dont la boutique était presque vis-à-vis de l'hôtel : la
boutique a été démolie quand on a fait la
rue de Rennes ; et le marchand de vin, qui
maintenant vit de ses rentes à Grenelle, ne
se souvient plus de Jacques.

— Ainsi, fit M. d'Ortigny, le seul renseignement que vous ayez recueilli, c'est
l'époque de la disparition de cet homme ?

— Paul, dit madame d'Ortigny, presque
timidement, cette date, cette époque,
c'est précisément... oh ! tu te rappelles
bien !...

Elle couvrit son visage de ses mains,
comme effrayée de l'horrible scène qui se
représentait à sa mémoire.

Paul, craignant pour sa santé de pareilles
émotions, attendit qu'elle se fût éloignée
pour interroger de nouveau madame
Henri.

— L'ancien marchand de vin, dit celle-
ci, m'a bien parlé d'un homme qui fréquen-
tait autrefois sa maison et qui peut-être a
connu Jacques. Mais il paraît que cet
homme a mal tourné. C'est un mauvais
sujet, presque toujours ivre, faisant so-

ciété avec des vagabonds, et peut-être pire encore.

— Savez-vous son nom et son adresse? demanda Paul.

— Son nom, c'est Jérôme dit Bon-Garçon. Quant à son adresse, il n'en a pas. On ne sait pas où il loge; mais il passe presque toutes ses soirées à la place Maubert, dans un mauvais cabaret, qu'on appelle le cabaret du *Puits-qui-parle.*

— Bon ! fit le jeune homme en prenant des notes sur son carnet.

— Seigneur, mon Dieu ! j'espère bien que vous n'avez pas l'intention d'aller là, fit madame Henri tout effrayée. Ce cabaret est fréquenté par des vauriens ! Des malfaiteurs se réuniraient pour vous faire un mauvais parti, dès qu'ils vous verraient mieux mis qu'eux !

— Vous avez raison, dit Paul en souriant; aussi prendrai-je mes précautions. Quoique j'aie peu de goût pour les romans populaires à la mode maintenant, j'en ai lu cependant assez pour connaître à peu près le genre de gens dont vous parlez. Je tâcherai de mettre en pratique les théories de ces utiles journaux, qui offrent à leurs lecteurs l'inappréciable avantage de les familiariser avec l'argot des voleurs et autres honorables industriels.

Madame Henri tenta vainement de dissuader le jeune homme de ce projet. Lui aussi était frappé de ce qu'il y avait d'étrange dans les allures de Muller ; il voulait éclaircir ses doutes. Mais par une sorte de défiance, plutôt instinctive que raisonnée, il s'abstint de faire part de son projet à madame de Marville et à son fils.

Le soir même, vêtu comme ces demi-messieurs, qui préfèrent à la blouse propre de l'ouvrier travailleur la redingote limée et couverte de taches du bohême fainéant, Paul d'Ortigny, armé à tout événement d'une canne solide, se dirigea vers le cabaret du Puits-qui-parle.

Ainsi que l'avait dit madame Henri, ce cabaret, de misérable apparence, était le rendez-vous de vagabonds de la pire espèce : escrocs, voleurs, repris de justice et autres gens de même sorte. Paul d'Ortigny hésita un instant avant de pénétrer dans ce repaire. Mais le désir de savoir enfin la vérité sur le compte de Muller le décida.

Il entra dans une salle enfumée, encombrée de gens de mauvaise mine, réunis par groupes autour des tables, et causant à voix si basse que leurs têtes se touchaient presque. Au lieu de l'animation bruyante qui règne habituellement dans une réunion populaire de buveurs, on n'entendait qu'une sorte de murmure sourd et presque sinistre, interrompu de temps en temps par les menaces et les imprécations de deux causeurs qui se prenaient de querelle.

M. d'Ortigny demanda à une hideuse créature qui trônait derrière le comptoir encombré de bouteilles et de verres, si Jérôme était déjà arrivé.

— Lequel, Jérôme ? dit la femme en lui jetant un mauvais regard; nous en avons trois ou quatre ici.

— Jérôme dit Bon-Garçon.

— Fallait donc le dire ! Paraît que vous n'êtes pas de ses intimes ! Il va venir; vous pouvez l'attendre. Est-ce que c'est pour quelque chose de pressé ?

— De pressé ? non; c'est pour lui proposer une bonne affaire. Je vais l'attendre.

dit Paul, qui s'assit à peu de distance de
la porte d'entrée, et, pour ne pas se sin-
gulariser, se fit servir une « consomma-
tion ».

Mais son arrivée avait été remarquée. Il
était maintenant le point de mire de tous
les regards. Les conversations avaient
cessé, et chacun observait le nouveau venu
avec une méfiance visible.

Parmi ceux que sa présence semblait le
plus inquiéter, se trouvait un personnage
assis à une table voisine de la sienne et
qui ne cessait de l'observer à la déro-
bée. Cet individu, d'une laideur remarquable, devait être jeune encore. Mais son
teint flétri, sa peau ridée — peut-être par
l'usage des fards — sa tête chauve, lui donnaient une apparence de vieillesse préma-
turée. Il avait dû remplir l'emploi de
comique dans quelque troupe ambulante ;
ses airs prétentieux semblaient indiquer
l'habitude des planches, et l'effet ridicule
que produisait une tête énorme, surmon-
tant son chétif individu, devait exciter
le rire dès qu'il paraissait en public.

Peut-être avait-il aussi la spécialité

des rôles de vieillards; car les deux hommes assis à sa table l'appelaient « vieux », et lui-même imitait par moment les gestes incertains et la voix chevrotante d'un vieillard, tandis que dans d'autres moments il reprenait les allures d'un homme dans la force de l'âge.

Jérôme n'arrivait pas. L'attente se prolongeait, et la position de M. d'Ortigny devenait de plus en plus difficile, quoiqu'il s'efforçât de faire bonne contenance.

Un des compagnons du « vieux » revint près de ce dernier, après avoir été parler à la « dame de comptoir ».

— Elle ne le connaît pas, fit-il tout bas. Il a demandé Jérôme dit Bon-Garçon. Pour sûr et certain, il s'agit de l'affaire des diamants; et le *Bon-Garçon* t'a vendu, *vieux!* Je t'ai toujours dit que tu plaçais mal ta confiance.

— Nous allons bien voir! fit le « vieux » d'un air menaçant. Je vas lui parler, moi, à ce muscadin! et... s'il en est... eh bien! nous sommes assez nombreux ici pour lui faire son affaire.

Les autres hommes se regardèrent irrésolus. Evidemment ils pensaient que si Paul « en était », c'est-à dire était un espion envoyé par la police, il n'aurait pas commis l'imprudence de venir seul ; et qu'au moindre bruit le cabaret serait envahi par des forces bien supérieures à celles dont pouvaient disposer les habitués, qui d'ailleurs ne se fiaient que très-médiocrement les uns aux autres.

Sur ces entrefaites, la porte s'ouvrit, et un homme de haute taille, d'aspect robuste, parut sur le seuil. Quoiqu'il fût aisé, en le voyant, de deviner ses habitudes d'intempérance, la physionomie de cet homme n'avait cependant point encore tout à fait perdu l'expression de franchise et d'honnêteté qui la caractérisait jadis. Il était peut-être moins complétement corrompu que la plupart de ses compagnons. Mais, habitué comme eux à se laisser dominer par ses passions, il devait, lorsque sa colère était excitée, pousser la violence jusqu'aux plus extrêmes limites.

— Bon-Garçon ! s'écria « le vieux » en s'élançant vers lui. Tu arrives à propos.

Tous deux restèrent quelques instants

dehors. On entendait le bruit d'une vive altercation, et M. d'Ortigny se demandait, non sans une certaine inquiétude, comment il pourrait obtenir de cet homme, presque abruti par la boisson, les renseignements qu'il venait chercher.

Il n'eut pas le loisir de songer longtemps, car Bon-Garçon rentra, suivi de son camarade, et se plaçant devant le jeune homme, lui dit :

— On prétend que c'est à moi que tu en veux, l'ami? Dis ton affaire, et détale au plus vite; nous n'aimons pas les nouvelles connaissances ici.

Des rires et des applaudissements accueillirent cette saillie.

M. d'Ortigny avait bien formé le projet d'adopter le langage des gens qu'il allait voir. Mais, quoi qu'en puissent penser certains auteurs de roman, il n'est pas facile à un homme bien élevé de parler ainsi tout à coup l'argot des malfaiteurs. Par respect pour lui-même, il ne peut se résoudre à s'abaisser à leur niveau, et chez Paul d'Ortigny le dégoût l'emporta cette fois sur la prudence.

— J'ai à vous parler, en effet, dit-il d'un ton hautain. Si vous voulez sortir avec moi, je vous apprendrai ce qui m'amène.

— Ouais? Pour me faire empoigner par tes amis, n'est-ce pas? Pas de ça ! Laisse tes belles manières de côté et cause raisonnablement ; autrement c'est moi qui vais te donner une leçon de politesse.

— Je vous répète que je n'ai rien à vous dire ici, reprit Paul. Puisque vous n'êtes pas en état de m'entendre, je me retire.

— Un instant ! un instant ! s'écria Jérôme. Nous avons un compte à régler ensemble ! Tu es cause que les amis se méfient de moi ; tu vas me le payer !

Il leva la main pour frapper Paul ; mais au même instant un vigoureux coup de poing l'envoya rouler contre une table, qu'il renversa, ainsi que les verres dont elle était couverte.

Un instant la mêlée menaça de devenir générale. Le « vieux », trop lâche pour attaquer seul, excitait ses compagnons contre Paul, qui, s'adossant à la muraille, attendit résolûment les agresseurs.

Mais Jérôme, se relevant, vint changer la face des choses.

— Tu es un brave garçon ! dit-il à M. d'Ortigny en lui tendant une main, tandis que de l'autre il étanchait le sang qui couvrait son visage. Au fait, si tu étais un espion, tu aurais déjà reçu du renfort. Tu as mon estime. Conte-moi ton affaire carrément, je suis ton ami.

— Alors, sortons ! dit encore le jeune homme.

Cette proposition fut accueillie par des murmures.

— C'est ça ! fit le « vieux », connu ! Demande-lui combien il te payera pour jaser, Jérôme.

— Toi, tu vas te taire ! répliqua ce dernier. Je suis libre d'aller où je veux, peut-être ! Je suis physionomiste, moi ; et la figure de ce garçon-là me revient. Ainsi, gare au premier qui le touche !

Passant le bras de Paul sous le sien, Jérôme sortit du cabaret, sans que ses compagnons, qui avaient plus d'une fois apprécié la force de son poignet, osassent s'opposer à son départ ni attaquer celui qu'il venait de prendre sous sa protection.

— Ah ça ! où me conduis-tu ? dit Jérôme quand ils furent à quelque distance.

— A ce fiacre que vous voyez là, répondit le jeune homme ; nous prendrons un cabinet dans un bon restaurant. Je veux vous parler d'un de vos anciens amis, de Jacques Bernard.

— Jacques Bernard ! fit Jérôme en tressaillant. Vit-il encore ?

— Je le crois ; mais nous causerons de lui tout à l'heure.

Pendant le trajet, assez court d'ailleurs, Jérôme ne prononça pas un mot. Son esprit le reportait aux années de sa jeunesse, où il était aimé et respecté dans son atelier ; et un regret poignant s'emparait de son âme à la pensée de la dégradation où il était tombé.

Aussi, quand M. d'Ortigny, s'étant enfermé avec lui dans un cabinet de restaurant, entreprit de l'interroger, fut-il surpris du changement qui s'était opéré chez Jérôme. Ce changement était tel que, prenant à son tour confiance en son compagnon, Paul ne

crut pas devoir lui cacher la vérité. Il
lui raconta donc tout ce qu'il savait sur
Muller, les raisons qu'il avait de penser que
celui-ci n'était autre que Jacques Bernard,
et même la ressemblance que madame
d'Ortigny avait cru trouver entre la fille
de Muller et l'enfant disparu mystérieusement à la même époque que l'ancien ami
de Jérôme.

L'impression produite par ce récit fut
plus forte que M. d'Ortigny ne pouvait s'y
attendre.

— Je ne suis qu'un pas grand'chose, dit
Jérôme d'un ton pénétré; mais cependant
je comprends qu'il y a là-haut une justice
à laquelle personne n'échappe. Plus d'une
fois l'idée m'est venue que Jacques pourrait
bien avoir enlevé la petite pendant l'incendie. On a dit, dans le temps, qu'il s'était
sauvé en Hongrie. Un assassin, qui a fait des
aveux devant la justice, a cité une fois son
nom en parlant d'une bande de voleurs qui
parcourait la Hongrie. On a même mis cette
histoire dans les journaux, il y a bien longtemps.

— Il faudrait avant tout, interrompit

Paul, avoir la certitude que Muller et Bernard ne font qu'un. Ce Muller est peut-être
un honnête homme.

— Lui ! fit vivement Jérôme ; allons
donc ! il *travaille* avec le *vieux !*

— Comment ? Vous le connaissez ? dit
Paul avec surprise.

— Je ne le connais pas, reprit Jérôme
en hésitant. C'est-à-dire que je ne l'ai jamais vu. Mais... je connais ce nom de
Muller... Le petit homme qui voulait vous
attaquer tout à l'heure est, je crois, un de...
ses amis. Seulement je ne sais pas encore
si c'est Jacques ; il faudrait le voir.

— Comment faire ?

— Ne vous en inquiétez pas ; je retourne
avec les camarades ; il ne faut pas qu'ils
m'accusent de les avoir vendus. Je saurai
bien décider le *vieux* à me montrer ce Muller,
et demain soir je vous dirai ce qu'il en est.

— Vous ne vous repentirez pas de m'avoir
rendu service, dit Paul.

— Merci ! Il faut bien, de temps en temps,
faire quelque chose dont on n'ait pas à se
repentir, répondit Jérôme avec un éclat de
rire qui semblait plutôt dissimuler une

6**

émotion qu'exprimer une véritable gaieté. Où vous trouverai-je demain ?

— A cette heure-ci, devant la grille du Luxembourg, du côté de la place de l'Observatoire.

— C'est entendu ; j'aime autant que ce ne soit pas trop près des amis. Je tâcherai de vous apprendre du nouveau.

Paul d'Ortigny le quitta et rentra à l'hôtel en songeant au bonheur de sa tante, si elle retrouvait Blanche.

Madame d'Ortigny reposait. Mais Madame de Marville ne s'était point encore retirée dans son appartement. Le jeune homme, trop surexcité par les événements de cette soirée pour calculer la portée de ses paroles, se jeta à son cou en s'écriant :

— Félicitez-moi, bonne tante ! J'ai l'espoir de retrouver Blanche ; et demain, à pareille heure, j'en aurai peut-être la certitude !

Paul s'était sauvé comme un fou après avoir fait part de son espoir à madame de Marville.

Mais le peu de mots qu'il lui avait dits étaient plus que suffisants pour causer une vive inquiétude à l'excellente dame ; aussi, en bonne mère, elle s'empressa d'avertir son fils.

Eugène avait sans doute, pour être inquiet, des raisons encore plus graves que ne le supposait madame de Marville, car dès le lendemain il se mit à la recherche de Muller, afin d'obtenir à tout prix que celui-ci en « finît » avec Paul.

Il n'était pas facile de se mettre en rapport avec l'ancien fermier, qui, surtout depuis la soirée de l'Opéra, redoublait de précautions pour dérober à tous le lieu de sa retraite. Cependant des mesures avaient été prises pour qu'au besoin les associés pussent communiquer. Chacun d'eux passait tous les jours à un endroit désigné d'avance, où un signe de convention l'avertissait lorsqu'un de ses compagnons avait une communication à lui faire. Il allait alors rejoindre, au rendez-vous donné, celui qui réclamait sa présence. Mais, on le conçoit, un pareil système faisait perdre beaucoup de temps, et la journée était déjà presque écoulée lorsque Muller arriva enfin à l'endroit du boule-

vard Montparnasse où M. de Marville l'attendait depuis plus de deux heures.

Muller était dans un de ces moments de
profond découragement qui devenaient
chez lui plus fréquents de jour en jour. En
apprenant l'espoir qu'avait Paul de retrouver sa cousine, il ne manifesta presque
pas d'émotion.

— Peut-être, murmura-t-il, ferais-je
mieux de révéler à Marie toute la vérité !
Si, de moi-même, je la rendais à sa famille,
elle m'accorderait du moins un sentiment
de pitié.

— Y pensez-vous ? s'écria Eugène en
tressaillant. Mais elle vous mépriserait,
elle vous maudirait.

— Eh ! me méprisera-t-elle, me mau-
dira-t-elle moins lorsque je serai arrêté
comme voleur ; elle, peut-être — oh ! ce
serait horrible ! — elle arrêtée comme
ma complice ? Le vol des diamants a fait
grand bruit ; qu'éprouverait-elle en se
croyant la fille d'un voleur ? Malheureuse
enfant ! elle en perdrait la raison ! La
vérité la fera moins souffrir...

— Vous êtes fou ! interrompit Eugène,

furieux en voyant la disposition où était
Muller. Croyez-vous donc que Paul vous
laissera tranquille, une fois que vous
aurez rendu mademoiselle Marie à sa famille ? Nullement ! Pour se rendre intéressant aux yeux de sa noble tante, il se
posera en vengeur de sa cousine et ne
cessera de vous persécuter ! Il fera si bien
ressortir aux yeux de la jeune fille l'indi-
gnité, l'infamie de votre conduite crimi-
nelle, qu'elle aura pour vous autant
d'horreur que de mépris. Qui sait ? peut-
être un jour verrez-vous l'enfant que vous
avez élevée et soignée avec tant de dévouement, témoigner contre vous, et
répéter docilement les accusations souf-
flées par le cher cousin Paul, qui déjà se
prétend sûr de retrouver Blanche.

Muller avait courbé la tête en écoutant
ces paroles. Maintenant il gardait le
silence ; mais la contraction de ses traits
et l'expression farouche de sa physionomie
indiquaient clairement l'horrible lutte à
laquelle son âme était en proie.

— Il a raison ! murmura-t-il enfin, se parlant à lui-même. Ce Paul est un ennemi,

6

un ennemi dangereux... il est temps d'en
finir avec lui. Faites-le-moi seulement
connaître, et.... l'affaire sera bientôt
faite.

— Mais vous n'hésiterez plus ? demanda Eugène. Avec vous, on ne sait
jamais à quoi s'en tenir, comme dit
Stephan. Au dernier moment vous pouvez
être pris d'un de vos accès de scrupule, et,
quand je vous aurai fait connaître mon
cher cousin, lui demander pardon de vos
fautes au lieu de...

Il hésita.

— Au lieu de vous en débarrasser, n'est-
ce pas ? interrompit Muller avec une expression navrante de mépris et de dégoût,
qui semblaient inspirés à la fois par son
compagnon et par lui-même. N'ayez pas
peur, allez ; dans le beau chemin que
nous suivons, on ne s'arrête pas ainsi.
D'ailleurs, un peu plus ou un peu moins,
qu'importe ?... Elle doit fatalement arriver à connaître un jour la vérité... du
moins je lutterai jusqu'à la fin... Quand je
la verrai se détourner de moi avec horreur,
qu'est-ce que cela me fera de n'être con-

damné que comme voleur ?... Au contraire, j'aime mieux être condamné à
mort comme assassin... ce sera plus tôt
fini.

Le malheureux, dominé par le désespoir, ne paraissait pas avoir conscience de
ce qu'il disait, et parlait presque à voix
haute. A ces derniers mots, Eugène tressaillit et regarda vivement autour de lui
pour s'assurer que personne n'avait pu
les entendre.

Le boulevard était désert. Le jeune
homme reprit :

— Quel vilain mot vous venez de
prononcer là ! Qui songe à une chose pareille ? Je serais désolé qu'il arrivât un
mal... sérieux à... à celui dont nous
parlons. Je crois seulement que, dans
votre intérêt plus encore que dans le mien,
il serait prudent de l'effrayer par quelques
menaces, de prendre enfin des mesures
pour nous en débarrasser, en... en l'obligeant, par exemple, à quitter Paris, et
même la France.

Muller s'arrêta brusquement devant le
jeune homme.

— Cartes sur table! fit-il d'une voix sourde. Ah ça! vous me prenez donc pour un niais, qui acceptera tout l'odieux de la besogne commandée par vous et qui vous en laissera tout le profit ? A d'autres! Vous voulez avoir l'héritage de votre tante; pour cela vous tenez d'abord à ce qu'elle ne retrouve pas sa fille, et ensuite à vous... débarrasser du cousin qu'elle vous préfère. Voilà pourquoi vous vous êtes associé avec nous ; voilà pourquoi vous me poussez à attaquer votre cousin, pourquoi je le tuerai, sans doute; ... et l'assassin, ce ne sera pas moi, entends-tu bien, misérable ; ce sera toi, toi seul, toi l'assassin !...

Il s'arrêta, épuisé par sa propre surexcitation; haletant, livide, touchant presque de son visage celui d'Eugène, qui, aussi pâle que lui, frissonnant à ce mot terrible d'assassin, reculant devant cet homme dont l'air hagard l'épouvantait, répétait, presque sans avoir conscience de ce qu'il disait :

— Plus bas, plus bas, au nom du Ciel! On pourrait vous entendre !

— Au nom du Ciel! répéta Muller avec

un ricanement ironique; tu oses invoquer le nom du Ciel, toi ! Ah ! tu es encore plus avili, plus dégradé que je ne le suis, puisque tu n'as même pas le sentiment de ta dégradation ! Moi, du moins, je me rends justice ! je n'ai point assez complétement oublié le temps où j'étais honnête homme pour profaner, en les nommant, les choses sacrées que je respectais alors... que je respecte toujours... je le pense, puisque je n'ose plus en parler, puisque j'ai honte de moi-même en présence de... Ah ! laissons tout ceci ! ajouta Muller, passant d'un geste enfiévré sa main sur son front. Aussi bien tu ne me comprendrais pas ; tu n'as jamais été honnête homme, toi ! Tu es né vicieux, cupide, égoïste, bassement méchant...

— Assez ! interrompit Eugène ; vous ne savez ce que vous dites, Muller ; vous n'êtes pas dans votre bon sens. Il faut rentrer chez vous ; demain matin nous nous rencontrerons de nouveau ici, j'avertirai Stephan ; il saura peut-être vous faire entendre raison, lui...

— Stephan ? reprit Muller, que ce nom

parut en effet rappeler à lui-même. Oh !
pourquoi l'ai-je connu ? Sans lui, je ne
serais pas tombé si bas !... Elle était si
jeune ; je l'aurais élevée comme l'enfant
d'un pauvre ouvrier ; je n'aurais pas fait
ces folles dépenses qui m'ont mis à la
discrétion du Madgyar. Eh bien ! où allons-
nous donc ?

Eugène, effrayé de la surexcitation de
son compagnon, l'avait doucement en-
traîné dans une rue transversale, conduisant du boulevard à la rue Notre-Dame-
des-Champs.

— Nous allons du côté de chez vous,
répondit le jeune homme. Il faut rentrer.
Ne demeurez-vous pas, maintenant, avenue
de Latour-Maubourg ?

Muller le regarda avec méfiance.

— Que vous importe ? fit-il brusquement. Vous n'avez pas besoin de savoir où
je demeure ! D'ailleurs, non, je ne suis
plus maintenant avenue de Latour-Maubourg.

— Peu m'importe, comme vous dites.
Quant à moi, j'ai affaire près du Pan-

théon ; si ce n'est pas votre chemin, je vous quitte. A demain.

— Au contraire, c'est mon chemin, fit Muller qui semblait craindre d'être suivi par son compagnon ; je vous accompagne.

— Soit.

Ils prirent la rue Carnot, et, se dirigeant vers les terrains vagues situés en dehors du Luxembourg, ils se disposèrent à les traverser en biais, car les grilles du jardin étaient déjà fermées.

Sur le trottoir qui longe le jardin, un homme qui se promenait en donnant des signes d'impatience attira l'attention d'Eugène.

— Par exemple! fit-il ; voilà qui est curieux ! Mon cousin Paul !

— Où ? où donc ? demanda vivement Muller, cherchant des yeux le personnage indiqué.

— Là ! près de ce réverbère. Mais attendez ; il vient vers nous ; est-ce qu'il m'aurait reconnu, par hasard ? Il nous espionne peut-être. Je m'esquive, adieu.

Sans attendre de réponse, le jeune homme descendit rapidement le talus d'un immense fossé, et disparut, laissant Muller seul vis-à-vis de Paul, qui se dirigeait, en effet, de son côté.

Seulement, ce n'était point, comme M. de Marville l'avait supposé, à sa rencontre et à celle de Muller que venait son cousin, mais à la rencontre d'un individu qui les suivait à une assez grande distance, et que M. d'Ortigny venait d'apercevoir.

La première impression de Muller, lorsqu'il se trouva tout à coup seul en présence de l'homme qui venait d'être le sujet de son entretien, fut une impression de véritable stupeur.

Mais le malheureux était trop surexcité pour avoir entièrement conscience de ses actes. Il demeura immobile, murmurant machinalement :

— Ah ! c'est... le... cousin... Paul !

Ce dernier, voyant un homme qui lui barrait le passage, se détourna un peu afin de poursuivre son chemin. Muller alors se plaça devant lui et dit :

— Un instant... nous avons à causer.

Sa voix était si altérée, que M. d'Ortigny crut avoir affaire à un homme ivre.

— Passez votre chemin, fit-il, avançant le bras pour écarter doucement l'importun.

A ce geste, Muller répondit par un coup de poing frappé en pleine poitrine, et avec tant de violence que le jeune homme s'affaissa sur lui-même en poussant un gémissement.

Loin de calmer Muller, l'aspect de sa victime terrassée parut, au contraire, l'exalter jusqu'au délire. Il allait sans doute frapper de nouveau, quand lui-même se vit contraint à se défendre contre Jérôme dit Bon-Garçon, qui, témoin de l'attaque dont Paul venait d'être l'objet, accourait à son secours.

La nuit était sombre, et quoique l'heure fût encore peu avancée, les environs étaient déserts. D'ailleurs, pas un cri qui pût donner l'alarme n'avait été poussé. Paul gisait sans mouvement, et Muller, saisi à la gorge par son adversaire, venait de tomber à son tour.

Il lutta d'abord de toutes ses forces pour se débarrasser de l'étreinte vigoureuse de Jérôme, mais sans pouvoir y réussir. Puis

7

tout à coup il cessa, et une sorte de râle
s'échappa de sa poitrine, tandis que son
corps, comme une masse inerte, obéissait à
toutes les secousses que lui imprimaient
les bras robustes de Jérôme.

—Ah ça, est-ce que je l'ai achevé? se
demanda celui-ci. Après tout, ce ne serait
pas une grande perte pour la société.

Il cessa de le serrer à la gorge, tout en
se tenant cependant sur ses gardes, car il
craignait un piége. Mais Muller ne donnait
plus signe de vie.

— Oh! oh! fit Jérôme ; ça se gâte! il ne
fait pas bon ici, et si des agents me ren-
contraient en compagnie de ces deux ca-
marades-là, mon affaire ne serait pas drôle !
Il s'agit de décamper, et lestement.

Il allait s'éloigner, quand M. d'Ortigny,
que le coup frappé par Muller n'avait fait
qu'étourdir, se souleva péniblement.

—Aidez-moi, dit-il d'une voix faible.

Un instant Jérôme hésita, partagé entre
le désir de répondre à cet appel et la
crainte d'avoir à rendre compte de sa présence auprès du corps inanimé de Muller,
ce qui pourrait amener sur sa manière de

vivre, à lui, une enquête qu'il ne désirait nullement.

Le bon sentiment l'emporta cependant ; il s'approcha du jeune homme, l'aida à se lever et lui donna le bras.

— Dépêchons, dit-il à voix basse ; j'ai peur qu'on ne vienne, et je crois que votre homme a son affaire.

— Vous l'avez tué ? demanda Paul, qui avait toutes les peines du monde à marcher.

— Hum ! sinon, je crois qu'il n'en vaut guère mieux. Je vais vous mener à la place Saint-Sulpice ; vous prendrez une voiture....

— Je ne pourrai jamais marcher jusque-là, interrompit Paul, qui, se sentant défaillir, tomba plutôt qu'il ne s'assit sur un des bancs placés le long de la grille du jardin, du côté de la rue Bonaparte.

— Patatras ! nous sommes bien ! grommela Jérôme ; et encore voilà une voiture qui arrive. Bien le bonsoir ! je n'ai pas envi de me faire prendre.

Il s'éloigna de quelques pas , dissimulant sa présence dans l'ombre. La voiture était un fiacre, dont le cocher cherchait à faire une course en maraude.

— Une voiture, bourgeois? dit ce dernier en apercevant M. d'Ortigny.

Le jeune homme rassembla ses forces pour faire un signe de la tête et pour monter dans le fiacre.

Il n'était pas blessé, mais il éprouvait un grand malaise et un commencement de fièvre, et avait hâte d'être rentré chez lui. Pendant le trajet, assez court, qui le séparait de sa demeure, il fut en proie à une sorte d'hallucination qu'il essayait vainement de chasser, et qui revenait sans cesse se présenter à son esprit troublé.

Il revoyait distinctement — beaucoup plus distinctement qu'il ne l'avait fait en réalité — les traits de l'homme par lequel il venait d'être attaqué. Seulement cet homme ne lui apparaissait pas comme le vulgaire malfaiteur dont il avait failli devenir victime, mais comme un homme du monde, élégamment vêtu, accompagnant une jeune fille parée d'une robe de velours bleu et d'un médaillon entouré de riches diamants.

Dans la mémoire de Paul, le souvenir de
son agresseur se confondait si bien avec
celui du père de la jeune fille remarquée
par lui à l'Opéra, que tous deux semblaient
ne faire qu'un, et qu'il ne pouvait les
séparer, quoiqu'il se répétât :

— Je suis fou ! je rêve ou j'ai le délire !

Nous savons que ce n'était pas là une
preuve de délire ; sa mémoire, au contraire, ne le servait que trop bien.

Jérôme, un peu rassuré après avoir vu
M. d'Ortigny s'éloigner, eut un instant la
velléité de retourner à l'endroit où la lutte
avait eu lieu, pour savoir si son adversaire
respirait encore.

Mais cette velléité ne fut pas de longue
durée. En tournant le coin de la grille
pour revenir sur l'espèce de place, théâtre
de la lutte, il vit qu'un groupe de quatre
ou cinq personnes entouraient le corps de
Muller et qu'on se préparait à l'emporter.

Jérôme, se tenant toujours à une distance
respectueuse, vit le groupe se diriger vers
la rue Bréa et entrer chez un pharmacien.
Un rassemblement assez considérable se
forma, comme d'ordinaire en pareil cas,

devant la porte de la pharmacie, et Bon-Garçon put, sans imprudence, s'approcher avec les badauds pour regarder à travers les vitres l'individu que l'on venait de placer sur un fauteuil.

— Ah ! mais je rêve ! se dit à son tour Jérôme dès qu'il l'eut envisagé. C'est lui ! je le reconnais parfaitement ! Il a même au front la cicatrice d'une brûlure qu'autrefois je lui ai faite par mégarde avec un tisonnier. J'en aurai le cœur net !

Jérôme entra résolument dans la boutique.

— Que voulez-vous ? nous sommes occupés, dit un des aides-pharmaciens, tandis que les autres s'empressaient de prodiguer des soins à Muller, qui commençait à donner quelques légers signes de vie.

Jérôme demanda un médicament inoffensif, puis il ajouta :

— Je savais bien que vous étiez occupé, mais j'ai pensé que vous me le donneriez tout de même, attendu que c'est pour un bien brave homme, un enfant du quartier. Vous le connaissez assurément : Jacques Bernard.

— Non, dit le pharmacien avec indifférence, en donnant à Jérôme le médicament demandé, et en lui faisant signe de ne pas rester plus longtemps.

Jérôme obéit. Mais le but était atteint. Au nom de Jacques Bernard, celui qu'il croyait reconnaître avait tressailli ; ses yeux s'étaient soudain entr'ouverts, et il avait regardé avec une sorte d'égarement du côté où ce nom avait été prononcé.

— Nous réussirons, il revient; mais je crains qu'il n'ait un bras cassé, dit le pharmacien, tout fier du succès de ses soins.

— C'est Jacques ! se répétait Jérôme, qui, debout de l'autre côté de la rue, continuait d'observer son ancien camarade, et qui se promit de ne pas le perdre de vue avant de connaître sa retraite.

CHAPITRE XI.

RÉVÉLATION.

Dans la lutte avec son ancien camarade, Jérôme avait fait les choses « en conscience », et il s'en était fallu de peu qu'il ne l'eût étranglé. Le pharmacien chez qui on avait amené Jacques le fit transporter dans une sorte d'arrière-boutique pour le soustraire à l'indiscrète curiosité de la foule, qui se pressait de plus en plus nombreuse auprès des vitres.

Là, on ôta sa cravate, on desserra ses vêtements, et des soins énergiques parvinrent enfin à le rappeler complétement à la vie. Mais la crainte exprimée par le pharmacien n'était que trop fondée, Jacques semblait avoir le bras gauche démis, et la souffrance lui arrachait des gémissements continuels.

Cette souffrance devait être bien forte, car elle l'empêcha de donner aucun détail sur l'agression dont on supposait qu'il devait avoir été victime, quoique la montre et le porte-monnaie trouvés sur lui éloignassent l'idée d'un vol.

Il ne put davantage donner son adresse pour qu'on le reconduisît à son domicile, et parvint — non sans peine — à exprimer le désir qu'on lui donnât l'hospitalité pour la nuit, promettant un ample dédommagement de l'embarras qu'il causerait.

Le maître de la maison consentit à lui faire préparer un lit dans l'arrière-boutique, et promit aux agents, qui désiraient l'interroger pour dresser leur procès-verbal, qu'un de ses aides passerait la nuit auprès de lui.

Muller — ou Jacques, puisque Jérôme l'avait reconnu pour son ancien camarade — parut plus calme lorsqu'on l'eut ainsi installé pour la nuit, et le jeune homme chargé de le veiller le vit bientôt tomber dans un profond sommeil.

Rassuré alors sur le compte de son malade, lui-même ne tarda pas à s'endormir.

C'est bien là ce que Jacques avait espéré.
Il n'avait feint de dormir que pour tromper
la vigilance de son gardien et pouvoir
s'éloigner sans révéler à personne le lieu
de sa retraite.

Aucun soupçon ne pesait sur lui. On le
considérait seulement comme victime d'une
agression, et les braves gens qui lui avaient
donné l'hospitalité n'avaient pas même
songé à prendre des précautions pour
l'empêcher de quitter la maison. Il avait,
d'ailleurs, tellement exagéré ses souffrances à leurs yeux, qu'on le croyait incapable de marcher sans être soutenu.

Il n'en était rien cependant. Jacques,
nous le savons, était doué d'une énergie
peu commune, en même temps que d'une
grande force physique. En revenant à lui,
il avait tout d'abord compris le danger de
sa position, et n'avait plus eu qu'une seule
pensée : s'échapper de la maison où il
avait reçu des soins.

Dès qu'il vit son compagnon endormi,
il s'habilla très-lentement, en prenant
toutes les précautions possibles pour ne
pas faire de bruit. Puis, tenant ses sou-

liers à la main, il alla tirer doucement les verrous intérieurs de la porte de la rue, et bientôt il put respirer à pleins poumons l'air frais de la nuit.

Le jeune homme chargé de le veiller n'avait rien entendu. Jacques referma la porte et s'éloigna dans la direction de l'avenue de Latour-Maubourg. Mais il avait trop présumé de ses forces. Au bout de quelques instants, quand l'excitation morale causée par la crainte de voir échouer sa tentative d'évasion fut un peu calmée, le malheureux chancela, et, tout frissonnant, dut, pour ne pas tomber, chercher un appui contre la muraille, comme s'il eût été pris de vin.

C'est ainsi, s'arrêtant toutes les cinq minutes, que, par un véritable prodige de volonté, il arriva enfin à sa demeure et se cramponna à la sonnette, qui, au milieu du silence de la nuit, résonna comme un cri suprême d'angoisse et de désespoir.

Marie, habituée aux absences fréquentes de celui qu'elle nommait son père, sachant, en outre, qu'il avait une clef de la maison et pouvait entrer à toute heure sans déranger personne, attribua d'abord à quelque mauvais plaisant attardé le violent coup de sonnette qui venait de troubler son sommeil.

Elle écouta, néanmoins, pendant un instant, et crut distinguer un gémissement dans l'avenue.

S'enveloppant d'une robe de chambre, la jeune fille entr'ouvrit avec précaution une fenêtre donnant précisément au-dessus de la porte d'entrée, et elle aperçut un homme étendu sans mouvement sur le seuil.

— Qui est là ? demanda-t-elle d'une voix tremblante.

Muller réunit tout ce qui lui restait de forces.

— C'est moi ! dit-il ; ouvre vite, Marie... par pitié... je meurs !...

Marie était déjà en bas, se hâtant d'ouvrir la porte d'entrée. En reconnaissant la voix de Muller, une sorte de pressentiment l'avait avertie qu'il valait mieux ne pas réclamer le secours de la domestique qui les servait. Malgré son trouble, elle eut assez de force et de présence d'esprit

pour aider le malheureux à entrer dans la
maison et pour lui donner des soins.

Ni Muller ni la jeune fille ne remarquè-
rent un homme debout de l'autre côté de
l'avenue, et qui n'avait pas perdu un détail
de tout ce qui venait de se passer.

Cet homme avait suivi Muller depuis la
rue Bréa, s'arrêtant quand il s'arrêtait,
étouffant le bruit de ses pas pour éviter
d'attirer son attention, et ne le perdant
pas un instant de vue.

Après que la porte eut été soigneusement refermée par Marie, l'espion qui, on
le devine, n'était autre que Jérôme, s'approcha de la maison et l'examina avec
l'attention la plus scrupuleuse, comme s'il
eût voulu pouvoir au besoin y revenir sans
hésitation.

Ce fut seulement après avoir consacré
plus d'une demi-heure à cet examen, que
Jérôme se décida à s'éloigner, non sans
avoir remarqué que, dans une ruelle
voisine, la maison avait une autre issue,
grâce à laquelle ses habitants pouvaient
s'éloigner sans être aperçus des visiteurs
sonnant à la porte principale.

Dès que Muller, aidé par Marie, fut parvenu à s'étendre sur un divan placé dans un petit salon du rez-de-chaussée, il tomba dans un accablement complet, dont les soins et les questions de la jeune fille inquiète ne purent le tirer complétement. Quand il parla, ce fut pour prononcer des phrases incohérentes, qui effrayèrent Marie plus encore que le morne silence gardé par lui jusqu'alors.

— Donne-moi du vin ! fit-il d'une voix rauque.

Marie hésita.

— Père, dit-elle, vous êtes malade, il vous est certainement arrivé un accident ; je crains que du vin n'augmente la fièvre.

— Veux-tu m'en donner, oui ou non ? interrompit brusquement Muller, ou faut-il que j'aille en chercher moi-même ?

Il faisait des efforts inouïs pour se lever ; Marie, toute tremblante, lui donna ce qu'il demandait.

Il but d'un trait un grand verre de vin, puis, s'asseyant avec peine sur le divan, il reprit avec une animation étrange :

— Vous n'êtes pas une fille soumise,

mademoiselle Marie ; mademoiselle Blanche, veux-je dire... vous avez des idées
d'indépendance... vous méprisez votre
pauvre vieux père ! Heim ! est-ce vrai ?

Marie, surprise de ce langage, voulut
protester. Mais déjà les idées du malade
avaient pris un autre cours. Il pleurait
maintenant à chaudes larmes, et, serrant
avec force la main de la jeune fille qu'il
avait saisie dans les siennes, il semblait
craindre que Marie ne s'échappât.

— Vois-tu, disait-il d'un ton suppliant,
il t'aime bien, Marie, ton pauvre vieux
père. Il t'aime mieux que cette grande dame
qui n'a su que pleurer et gémir quand sa
fille allait périr au milieu des flammes.
Je n'ai ni pleuré ni gémi, moi !... mais je
t'ai sauvée... mon enfant, ma fille bien
aimée... car tu es ma fille, tu n'en doutes
pas, au moins ?... Répète-moi que tu n'en
doutes pas ; que tu me préfères à toute
cette famille qui n'a pas su te protéger...
et qui maintenant voudrait te reprendre
au pauvre père qui t'a élevée, qui t'aime,
qui n'a que toi au monde !... Répète-le-
moi, Marie !

Il parlait avec une animation fiévreuse, et l'on voyait qu'un délire violent ne tarderait pas à troubler complétement sa raison. Marie l'écoutait avec une attention profonde ; certains souvenirs, restés vagues et confus dans sa mémoire, prenaient, aux paroles de Muller, une forme précise. La scène de l'incendie avait frappé son imagination enfantine et s'était souvent, depuis lors, présentée vaguement à sa mémoire ; mais, en ce moment seulement, elle comprenait enfin ce qui s'était passé, elle revoyait l'homme armé d'une hache qui avait soudain paru auprès du berceau que les flammes allaient dévorer. Cet homme, c'était Muller ; elle le reconnaissait maintenant ; c'était lui qui, après l'avoir sauvée, s'était enfui avec elle au lieu de la rendre à sa mère.

La jeune fille, absorbée par toutes ces pensées, oubliait de répondre au malheureux, qui, étreignant sa main avec plus de force, reprit :

— Dis-moi que je suis ton père, que tu n'as pas d'autre famille que moi...

Marie le regarda et fut effrayée de l'égarement de sa physionomie.

— Oui, oui, dit-elle pour le rassurer ; calmez-vous..., père... je sais bien que je n'ai pas d'autre famille que vous.

Muller tressaillit. Avait-il été frappé du ton de la jeune fille ou de l'hésitation qu'elle avait mise à prononcer le mot *père...* ?'En tous cas, sa défiance était éveillée. Dominant, par un incroyable effort de volonté, le délire qui s'emparait de lui, il examina Marie avec attention.

— Je deviens fou ! murmura-t-il, passant sa main sur son front ; donne-moi à boire.

Marie lui tendit silencieusement un verre plein de vin.

— Non, non, pas de vin ! fit-il en le repoussant avec une sorte d'horreur. Donne-moi de l'eau.

Après avoir bu avec avidité, il retomba de nouveau sur le divan, enjoignant à la jeune fille de rentrer dans sa chambre et de ne pas s'occuper de lui tant qu'il ne l'appellerait pas.

Marie insista d'abord pour rester auprès

de lui ; mais elle dut obéir, et ne l'eut pas
plutôt quitté, qu'elle l'entendit fermer la
porte à clef.

La jeune fille elle-même avait besoin
de se recueillir après les étranges confidences qu'elle venait d'entendre. Rentrée
dans sa chambre, elle tomba à genoux
devant l'image de la Madone, et resta longtemps ainsi, priant et pensant à sa mère,
qu'elle se représentait involontairement
sous les traits de madame d'Ortigny.

Quant à Muller, dire la nuit qu'il passa
serait chose presque impossible. Le malheureux, en proie à toutes les hallucina-
tions de la fièvre, était en outre assailli par
le remords, et aussi par la crainte de voir
les menaces d'Eugène se réaliser. De plus,
il comprenait qu'il avait laissé échapper,
en présence de Marie, des paroles impru-
dentes ; il redoutait l'effet que ces paroles
avaient pu produire sur l'esprit de la
jeune fille, et cependant il lui était impossible de se rappeler au juste ce qu'il
avait dit.

Toute la nuit, il lutta contre la fièvre,
essayant de calmer son agitation, mais

sans pouvoir y parvenir. Ce fut seulement quand le jour eut paru qu'il parvint enfin à s'endormir.

Il dormit jusqu'à une heure avancée de l'après-midi, et quand il s'éveilla enfin, la fièvre avait disparu. Il éprouvait un grand abattement; mais du moins son esprit avait repris toute sa lucidité, et Muller était maintenant en état de réparer — si la chose était possible — ses imprudences de la veille.

Marie s'informa avec sollicitude de ce qui lui était arrivé. Muller crut remarquer dans ses manières envers lui une sorte de contrainte qui ne lui était pas habituelle. Il feignit de ne pas s'en apercevoir, et, après lui avoir fait le récit d'une agression dont il prétendit avoir été l'objet de la part de deux hommes ivres, il affecta un ton léger pour cacher l'angoisse qui lui déchirait le cœur.

— J'avais une forte fièvre, hier soir. J'ai dû te débiter bien des choses déraisonnables, mon enfant, dit-il avec un rire forcé.

— Vous aviez, en effet, une forte fièvre,

répondit gravement la jeune fille ; mais les
choses que vous m'avez dites sont trop
bien d'accord avec certains souvenirs de
mon enfance pour que je puisse les croire
tout à fait déraisonnables.

Muller pâlit.

— De quels souvenirs d'enfance veux-
tu parler? balbutia-t-il. Explique-toi,
mon enfant, je ne te comprends pas.

Marie hésita. Elle aussi avait passé une
terrible nuit. Après de longues réflexions,
elle avait décidé qu'une explication avec
Muller était indispensable. Mais au moment de provoquer cette explication, d'acquérir la certitude que celui qu'elle avait
toujours aimé et respecté comme le père
le plus tendre, le plus dévoué, était un
misérable qui l'avait enlevée à sa famille,
le courage manquait à la pauvre enfant.

Elle aurait voulu maintenant pouvoir douter, attribuer au délire les paroles prononcées par Muller. Mais, comme elle l'avait
dit, ces paroles étaient trop bien d'accord
avec ses souvenirs d'enfance pour ne pas
produire sur elle une vive impression.
Quelque cruelle que dût être la vérité,

elle voulait la connaître ; l'incertitude lui
semblait la plus redoutable des tortures. Aussi reprit-elle après une courte
hésitation :

— L'explication est facile. Etes-vous
mon père, ou avez-vous profité d'un incendie pour m'enlever à ma famille?

A cette question, si nettement formulée,
Muller perdit toute présence d'esprit.

Un instant, il eut l'idée d'affirmer que
Marie était bien son enfant; mais son
regard rencontra le regard si ferme de la
jeune fille ; et cet homme, qui avait poussé
l'audace presque jusqu'au crime, courba
la tête, murmurant :

— Pardonne! oh! pardonne-moi! N'ai-
je pas été pour toi le meilleur des pères?

Le premier sentiment de Marie à cet
aveu fut une profonde indignation. Mais,
en voyant la douleur navrante de ce vieillard prosterné devant elle, en se rappelant les soins dévoués dont il avait entouré
son enfance, la pitié pour ce qu'il devait
souffrir en ce moment l'emporta chez elle
sur la colère. A son tour, elle fondit en
larmes, et, s'asseyant près d'une table où

elle s'appuya, elle couvrit son visage de ses mains, en murmurant :

— Mon Dieu ! comment avez-vous pu commettre une pareille action ? Moi qui vous respectais, moi qui vous aimais tant !

Le ton dont ces paroles furent prononcées rendit une lueur d'espoir à Muller. Marie pleurait, mais elle ne s'éloignait pas de lui avec horreur ; elle semblait, au contraire, le plaindre. L'aveu qu'il venait de lui faire n'avait pas à tout jamais effacé chez la jeune fille le souvenir de l'affection sans bornes qu'il n'avait cessé de lui témoigner.

Faisant appel à toutes les forces de son intelligence et évitant de rencontrer le regard de Marie, comme s'il eût craint qu'elle pût lire au fond de son cœur, il reprit tristement :

— Tu m'accuses, enfant ; en effet, les apparences sont contre moi. Pourtant, je suis moins coupable que tu ne le supposes. Je veux te dire comment les choses se sont passées, et après tu prendras une résolution, tu choisiras entre moi et la famille qui t'a reniée.

— Reniée? s'écria Marie se tournant vivement vers lui avec une sorte d'effroi.

Muller, sans lever les yeux sur elle, fit de la tête un signe affirmatif. Puis, baissant involontairement la voix, il commença son récit.

Ce récit, on le devine, n'était qu'une longue suite de mensonges, auxquels la vérité était habilement mêlée pour leur donner un air de vraisemblance. Muller avoua à Marie qu'elle était la fille de madame d'Ortigny, et qu'il l'avait, en effet, retirée du milieu des flammes, où elle aurait infailliblement péri. Seulement, au dire de Muller, madame d'Ortigny, très-alarmée de l'état de son mari, tombé gravement malade à la suite de ce désastre, avait bientôt oublié l'enfant qu'elle croyait morte.

Le tort de Jacques Bernard — car il est temps enfin de lui donner son véritable nom — avait été d'emporter l'enfant chez lui, au lieu de la rendre tout d'abord à ses parents. Mais, au milieu de cette scène de désordre, il ne savait où les trouver. Lui-même avait été cruellement atteint

par les flammes ; la souffrance et l'émotion
lui avaient fait perdre la tête. Le lendemain et les jours suivants, il avait essayé
vainement de pénétrer jusqu'à madame
d'Ortigny. Tout le monde croyait la petite
Blanche morte ; et quand il avait annoncé
qu'elle était sauvée, on l'avait traité d'im-
posteur, l'accusant de chercher à obtenir
une récompense en profitant de la ressemblance d'un autre enfant avec la fille de
la comtesse. Tout ceci avait été fait par
les ordres d'une cousine, nommée aussi
madame d'Ortigny, et qui voulait conserver intact pour son fils Paul l'héritage de
la famille. Plus tard, M. d'Ortigny mort,
Jacques avait tenté quelques démarches
pour rendre à l'enfant qu'il aimait tant,
le rang auquel elle avait droit. Il avait
appris alors que la comtesse, dont la raison était presque complétement égarée,
avait adopté pour son fils Paul d'Ortigny,
dont la mère était morte. Si Blanche reparaissait, non-seulement ce jeune homme
ferait tous ses efforts pour l'empêcher de
prouver son identité, mais encore la haine
qu'elle lui inspirerait serait telle, que

7"

peut-être il ne reculerait pas devant l'idée
d'attenter à ses jours.

Marie avait écouté ce récit avec une stupeur dans laquelle l'effroi le disputait à
l'indignation. La pensée que Muller la
trompait ne se présenta même pas à son
esprit. Un découragement immense s'était
emparé d'elle; il lui semblait qu'un siècle
s'était écoulé depuis la veille, et qu'elle
avait déjà cette triste expérience de la
vieillesse, à qui, trop souvent, de cruelles
et nombreuses déceptions ont appris à ne
plus croire au bien ici-bas.

— Enfant, reprit Muller, la voyant silen-
cieuse, quand j'ai compris que dans ta
famille tu ne trouverais ni bonheur ni
sécurité, je n'ai pas eu le courage de me
séparer de toi. Je me suis juré de travailler
pour te rendre heureuse, de faire de toi
une bonne et honnête femme; en un mot, de
te tenir lieu de père, à toi, pauvre enfant qui
n'en avais plus. J'ai tenu mon serment;
c'est à toi d'être mon juge. Décide de ton
sort. Si tu le veux, je te conduirai à
madame d'Ortigny, je m'efforcerai — s'il
est possible — de l'engager à te protéger

contre ton cousin Paul. Malheureusement
elle subit tellement son influence, que
peut-être elle refusera de te reconnaître
pour sa fille. Si elle te refuse, tu me reviendras, et tu sais d'avance avec quel bonheur
je t'accueillerai. Si tu crois trouver le
bonheur en me quittant, eh bien !...

— Eh bien ? interrogea anxieusement
Marie.

— Eh bien, reprit Muller, qui cette fois
la regarda bien en face ; on dit que nous
allons avoir une guerre avec les Prussiens ;
je prendrai du service, et je me ferai tuer
pour mon pays. Ce sera une mort glorieuse, qui me réhabilitera à tes yeux et
qui te permettra de me donner parfois
une bonne pensée.

Il y eut un instant de silence — un siècle ! — L'imagination de Marie évoqua le
souvenir de ces années d'enfance pendant
lesquelles Jacques s'était montré pour
elle le meilleur des pères. Puis la jeune
fille songea à cette famille qu'elle ne connaissait pas ; un instant l'image de
madame d'Ortigny lui apparut, et elle se
prit à murmurer ce doux nom de « mère »

qu'il ne lui avait jamais été permis de
prononcer. Mais la pensée du cousin qui
la détestait et qui avait toute influence sur
madame d'Ortigny glaça soudain cet élan
de son cœur. Elle compara l'indifférence
de sa véritable famille au dévouement de
Jacques, et lui tendant la main, elle dit
doucement :

— Père, ne parlons plus de ces choses ;
que tout soit oublié !

Jacques la regarda avec une sorte
d'égarement. Il ne pouvait croire à ce
qu'il entendait ; il craignait d'être dupe
d'une illusion.

— Vous entendez bien, reprit Marie avec
un doux et triste sourire. Ma décision est
prise ; je reste Marie Muller comme par le
passé. Je ne veux pas connaître la famille
qui m'a si facilement oubliée. Ma famille,
c'est vous, qui avez tout sacrifié pour moi.
Si vous avez commis une mauvaise action,
vous avez tant souffert, pauvre père, que
sans doute le Seigneur, dans sa miséricorde, aura pitié de vous.

— Mais..., dit Jacques tout tremblant,
si ces gens s'adressaient à toi ? si... par

exemple... ton cousin, Paul d'Ortigny, voulant te tendre un piége pour se débarrasser de toi plus sûrement, t'engageait lui-même à venir chez... sa tante?

— Je refuserais de l'écouter, répondit simplement la jeune fille. Je lui dirais que ses soupçons sont mal fondés. Je me nomme Marie Muller, et je ne veux point d'autre nom.

Jacques ne trouva rien à répondre. Se prosternant devant Marie, comme devant un ange descendu du ciel, il baisa pieusement le bas de sa robe.

La jeune fille se baissa vivement pour le relever.

Mais Jacques tomba comme une masse inerte sur le tapis. Il était évanoui.

CHAPITRE XII.

MÈRE ET FILLE.

Jacques, violemment impressionné par les scènes dont on a lu le récit dans le chapitre précédent, fut obligé de garder la maison pendant plusieurs jours. Marie le soigna avec une sollicitude toute filiale, et pas un mot ne fut échangé entre eux au sujet de la famille d'Ortigny. La pâleur de Marie, et la tristesse qu'elle ne pouvait dissimuler, malgré tous ses efforts, attestaient que la jeune fille n'avait point cessé de penser à la situation étrange où elle se trouvait placée. Mais, en apparence du moins, rien n'était changé dans les relations de Jacques Bernard et de celle qu'il continuait à nommer sa fille.

Tous deux, d'un commun accord, avaient décidé qu'il était urgent de quitter Paris.

La maladie de Jacques retardait seule l'exécution de ce projet; mais il devait, dès que sa santé le lui permettrait, se procurer un passe-port pour l'Italie. Son intention était de se rendre seulement dans le midi de la France. Cependant, comme les bruits d'une guerre avec l'Allemagne prenaient de plus en plus de consistance, il était prudent d'être en mesure de passer à l'étranger, si la sûreté de Marie rendait cet exil nécessaire. La jeune fille ne quittait la maison que pour aller chaque matin à la messe. Tout le reste de son temps, elle le passait auprès de Jacques, s'efforçant de le distraire et de le consoler par de bonnes lectures, ou causant avec lui du voyage projeté.

Un jour, au moment où elle sortait de l'église, un jeune homme, paraissant appartenir au meilleur monde, lui adressa la parole :

— Pardon, dit-il en saluant avec respect. N'est-ce point à mademoiselle Marie Muller que j'ai l'honneur de parler ?

— Oui, Monsieur, répondit la jeune fille en rougissant.

— Je me nomme Paul d'Ortigny, reprit son interlocuteur, un peu embarrassé de la mission qu'il avait à remplir. J'aurais voulu, Mademoiselle, vous révéler un secret de famille, un secret vous concernant... vous... et ma tante, la comtesse d'Ortigny.

A cette démarche, contre laquelle cependant Jacques Bernard l'avait mise en garde, Marie éprouva d'abord une vive émotion. Mais la réprimant aussitôt, elle répondit avec une froideur un peu hautaine :

— Vous faites erreur, Monsieur ; je me nomme Marie Muller ; je n'ai au monde d'autre famille que mon père ; il ne peut donc pas y avoir de secret de famille entre madame votre tante et moi.

Et Marie s'éloigna, sans daigner accorder un regard au jeune homme qui venait de lui parler.

Les jours suivants, M. d'Ortigny fit encore plusieurs tentatives pour apprendre à sa cousine le secret de sa naissance, que, croyait-il, elle ignorait. Mais il ne fut pas mieux accueilli que la première fois. Il essaya d'écrire ; ses lettres restèrent sans réponse. Enfin Marie, lasse de ses obsessions dont elle ne voulait rien dire à Bernard, prit le parti de ne plus aller chaque matin à l'église, comme elle en avait l'habitude.

Paul n'avait pas prévu que le principal obstacle à la réussite de son projet viendrait précisément de Marie. Presque fou de joie en se croyant enfin sûr de rendre à madame d'Ortigny la fille qu'elle pleurait depuis si longtemps, il n'avait pu résister au désir de faire à sa tante des demi-confidences, qui avaient ranimé l'espoir presque éteint dans l'âme de la pauvre femme.

D'autre part, madame Henri et Jérôme étaient aussi dans le secret. En présence de la singulière obstination de la jeune fille, Paul crut ne pouvoir mieux faire que d'avouer avec ménagement toute la vérité à madame d'Ortigny.

La joie, l'émotion de cette dernière furent inexprimables ; mais sa surprise fut moins grande qu'on ne pourrait le supposer. Pendant nombre d'années , elle avait refusé de croire à la mort de son enfant ; elle l'avait, pendant longtemps, attendue de jour en jour, d'heure en heure ; aussi, en apprenant que sa fille existait, qu'elle l'avait vue à Notre–Dame–des–Victoires, elle dit presque aussitôt :

— Où est ma fille ? Conduisez-moi, Paul, allons la chercher !

Force fut alors de lui raconter tout ce qui avait été fait jusqu'alors, et comment mademoiselle Blanche d'Ortigny, s'obstinant à rester Marie Muller, reniait sa véritable famille.

Ces détails, qui auraient dû, ce semble, affliger madame d'Ortigny, parurent n'avoir à ses yeux qu'une médiocre importance.

Quand elle verra sa mère, dit-elle en souriant, je vous assure qu'elle ne refusera pas de la suivre.

Elle voulut partir sans retard, et force fut de lui céder. Paul donna l'ordre d'atteler, et dit à madame Henri de se préparer à accompagner la comtesse. Il comptait un peu sur l'influence de l'ancienne femme de chambre de Marie pour décider la jeune fille. Enfin, il obtint de sa tante un court délai pour envoyer chercher Jérôme. Le jeune homme avait appris par ce dernier le nom de son agresseur, et il trouvait prudent de s'adjoindre , pour défendre madame d'Ortigny en cas de besoin, un homme dont il avait été à même d'apprécier les services en pareille circonstance.

Il fit arrêter la voiture à quelque distance de la maison où demeurait Jacques, et, descendant seul, alla demander s'il pouvait voir M. Muller.

Il lui fut répondu que M. Muller était sorti, mais que mademoiselle était à la maison.

En effet, Jacques, se trouvant plus fort, avait profité de ce retour à la santé pour s'occuper de son passe-port et de ses préparatifs de départ.

La Providence semblait se déclarer ouvertement en faveur de la pauvre mère, qui, à quelques pas de là, attendait avec angoisse le retour du jeune homme.

Paul ne voulut pas risquer de tout compromettre en essayant de voir Marie qui lui témoignait une défiance manifeste. Il revint à la voiture, et engagea madame

Henri à monter seule auprès de la jeune
fille.

— Elle vous aime, dit-il ; elle a confiance
en vous, et sera heureuse de vous revoir.
Il vous sera facile de détruire les idées
fausses qu'on lui a inspirées. Quand vous
croirez le moment venu, vous vous met-
trez à la fenêtre, vous ferez un signe, et
ma tante ira vous rejoindre aussitôt.

— Et moi, dit Jérôme, qu'est-ce que
j'aurai à faire ?

— Vous, dit Paul, vous guetterez l'arrivée
de Muller...

— De Jacques Bernard, rectifia l'ancien
compositeur.

— Oui, de Jacques Bernard. S'il arrive,
vous tâcherez d'inventer un prétexte pour
l'éloigner d'ici jusqu'à ce que nous ayons
emmené ma cousine.

— Mais c'est donc un enlèvement ? fit
Jérôme un peu ému. Ce malheureux, que
deviendra-t-il en ne retrouvant plus sa fille ?

— Sa fille ! répéta ironiquement
M. d'Ortigny. S'est-il donc inquiété de ce
que deviendrait la mère de Blanche quand
il lui a volé son enfant ?

8

Comme l'avait prévu Paul, madame Henri fut accueillie par Marie à bras ouverts. Mais, dès que l'excellente femme essaya de parler de la famille d'Ortigny, la jeune fille lui imposa silence.

— Je sais tout, lui dit-elle ; mon père — et elle appuya à dessein sur ce mot — m'a avoué la faute qu'il a commise en ne me rendant pas tout d'abord à mes parents. Mais cette faute, il l'a durement expiée par la crainte où il a été pendant si longtemps de se voir reprendre l'enfant qu'il avait élevée avec tant de dévouement et d'abnégation. Je lui ai pardonné, et je me suis promis de le soigner dans sa vieillesse, comme s'il était réellement mon père.

— Mais c'est un misérable ! s'écria madame Henri ; c'est lui qui a causé le malheur de toute votre famille ! Votre père est mort de chagrin de ne pouvoir vous retrouver ; votre mère a presque perdu la raison ; toute sa vie a été consacrée à vous chercher, à vous attendre, à prier Dieu qu'il daigne lui rendre son enfant !

—Ma mère m'a oubliée pour adopter son neveu, M. Paul d'Ortigny, murmura Marie,

sentant sa résolution faiblir en écoutant
ces paroles, si différentes du récit fait par
Bernard.

— Elle l'a si peu adopté, reprit vivement madame Henri, s'apercevant de l'effet
qu'elle avait produit; elle l'a si peu adopté,
que c'est lui, le pauvre enfant, qui a fait
toutes les démarches pour vous retrouver.
Ces démarches ont même failli lui coûter
cher, car celui que vous nommez votre
père a voulu l'assassiner, il y a quinze
jours.

— Que dites-vous ? interrompit vivement
la jeune fille, qui se sentit pâlir à cette
accusation. Il y a quinze jours, mon père
a lui-même été attaqué ; il est rentré ici
mourant.

— Oui, oui, je sais ; c'est justement
cela ! Si Jérôme, un ancien camarade de
Jacques, ne s'était pas trouvé là fort à
propos, votre... père ne serait pas rentré
mourant, mais M. d'Ortigny serait mort,
et mort de sa main.

— Mon Dieu ! mon Dieu ! qui croire ?
murmura la pauvre fille anéantie, ne sachant plus à qui se fier, et se croyant en-

tourée d'ennemis, la trompant à l'envi les uns des autres.

— Qui croire° reprit madame Henri plus bas ; c'est votre mère qu'il faut croire. Une mère, voyez-vous, ça ne trompe jamais son enfant. Voulez-vous que j'appelle la vôtre ?

— Où est-elle donc ? balbutia Marie toute bouleversée.

— Ici ! dit madame Henri en se penchant à la fenêtre.

Une seconde plus tard, la mère et la fille étaient dans les bras l'une de l'autre. Pas un mot n'avait été prononcé, et pourtant toutes deux s'étaient comprises. Est-il besoin d'explications entre une mère et son enfant ? Leurs larmes, leurs baisers expliquaient tout, bien mieux que de longs discours. Loin de se trouver inconnues l'une à l'autre, il leur semblait, au contraire, qu'elles ne s'étaient jamais quittées, que le passé n'était qu'un mauvais rêve, bientôt effacé par un réveil radieux.

— Oh ! chère, chère enfant ! tu ne me quitteras plus ! dit la comtesse dès qu'elle put parler. Prends un châle, un manteau, viens vite ; j'ai hâte de t'emmener d'ici !

Marie tressaillit. La pensée d'abandonner ainsi la demeure de Jacques ne lui était pas venue ; et pourta . t elle ne voulait pas, elle ne pouvait pas se séparer de sa mère.

— Et... et... lui ? murmura-t-elle, n'osant plus donner le nom de père à l'homme qui l'avait ravie à sa mère.

— Qui, lui ? demanda madame d'Ortigny, avec un étonnement si naïf que Paul ne put s'empêcher de sourire.

— Jacques Bernard, fit-il à demi-voix.

— Cet homme ? reprit la comtesse avec une souveraine expression de mépris ; tu n'hésites pas entre lui et moi, n'est-ce pas, ma fille ?

Ces mots « ma fille » troublèrent Marie à un tel point qu'elle ne trouva rien à répondre. Elle rougit presque d'avoir pu songer à Jacques en présence de sa mère. Alors madame Henri mit le comble à sa confusion en ajoutant tout bas :

— Lui ! qui vous a indignement trompée.

Marie, perdant complétement la tête, se laissa entraîner par sa mère ; et toutes deux, suivies par M. d'Ortigny, gagnèrent rapidement la voiture.

Madame Henri se préparait à les accompagner ; mais elle en fut empêchée par Jérôme, qui depuis quelques instants se tenait debout sur le seuil de la porte.

— On n'a pas besoin de vous là-bas, dit-il d'un ton moitié railleur, moitié sévère ; et m'est avis que votre place pourrait bien être ici.

— Comment ? Je ne comprends pas ! fit la femme de charge.

— Vous allez me comprendre. Je vous trouve bien dure pour ce malheureux, que vous accusez d'avoir trompé mademoiselle d'Ortigny. Au fond, ce n'est pas lui qui est le plus coupable dans tout ceci, c'est vous.

— Moi ? balbutia madame Henri stupéfaite.

— Eh ! sans doute, vous ! reprit brusquement Jérôme. Si vous aviez été fidèle à la parole donnée à Jacques, si même vous ne vous étiez pas sauvée de lui comme d'un malfaiteur, le jour où il a voulu faire amitié à votre enfant, il n'aurait pas tourné

comme il a tourné. Oh ! j'étais là, voyez-
vous, le jour de l'incendie ; je sais tout ce
que Jacques a dû souffrir avant de commettre un pareil crime, et, je vous le
répète, vous êtes plus coupable que lui.

Le trouble et la confusion de la pauvre
femme faisaient peine à voir ; courbant la
tête devant cet homme qui semblait tout à
coup s'ériger en juge de ses actions, elle
répondit :

— Mon Dieu ! je sais ; j'ai été bien coupable envers lui ; mais moi aussi j'ai cruellement expié ma faute, et ce serait plus
généreux à vous de ne pas me la reprocher,
maintenant qu'il n'est plus en mon pouvoir
de la réparer.

— Peut-être, reprit gravement Jérôme.
Si j'ai choisi ce moment pour vous reprocher votre faute, c'est que vous allez avoir
ici un devoir à remplir.

— Lequel ?

— Jacques va rentrer, croyant retrouver chez lui, comme à l'ordinaire, l'enfant
pour laquelle il a tout sacrifié, pour laquelle il est devenu... Enfin, suffit, je m'entends. Eh bien, il faut que quelqu'un lui

annonce le départ de... sa fille. Ce sera vous.

— Et, pourquoi pas vous ?

— Je n'ose pas , dit Jérôme d'un air sombre. J'ai peur...

En effet, il avait peur, car en ce moment , la porte s'ouvrit, et, après avoir cherché du regard une issue pour s'enfuir , Jérôme dit Bon-Garçon se laissa tomber sur une chaise sans oser lever les yeux sur Jacques qui entrait.

Celui-ci paraissait de bonne humeur ; mais, à la vue de ses hôtes, il fronça le sourcil.

— Vous ici, Madame Henri ? fit-il. Je vous avais pourtant prévenue...

— Pardon, interrompit-elle en hésitant ; j'ai été bien coupable envers vous autrefois ; mais aujourd'hui, Jacques, je me repens, j'ai pensé que, dans les moments de peine, il est bon d'avoir près de soi quelqu'un de dévoué.., et je suis venue près de vous.

— Que voulez-vous dire ? s'écria Jacques en pâlissant ; où est Marie ?

Ne recevant pas de réponse, il se précipita dans la petite chambre de la jeune fille; mais il en ressortit presque aussitôt.

— Marie est partie! cria-t-il avec rage.

Il aperçut Jérôme et lui sauta à la gorge:

— C'est toi qui l'as enlevée! fit-il; tu sais où elle est! Parle!

Jérôme se dégagea de son étreinte.

— Ce n'est pas moi qui l'ai enlevée, je ne suis ici que pour tâcher de te consoler, mon pauvre vieux camarade, quoique tu ne reconnaisses pas ton ancien ami Jérôme. Mais je sais où elle est; elle est chez sa mère, la comtesse d'Ortigny, qui est venue la chercher il n'y a pas plus d'un quart d'heure.

Jacques recula d'un pas et regarda fixement Jérôme; puis il se mit à rire à gorge déployée:

— Ah! ah! ah! la bonne farce! s'écria-t-il; eh bien, moi aussi je vais aller chez ma mère la comtesse d'Ortigny! Viens-tu, Stephan? Nous laisserons le petit Eugène, quoiqu'il soit un d'Ortigny aussi celui-là; mais le vol des diamants l'a trop compromis!

8*

— Que dit-il ? murmura madame Henri avec terreur.

Jérôme montra son front du doigt, comme pour dire que la raison s'en allait.

— Tiens, te voilà, ma petite Marie, reprit Muller en prenant madame Henri par la main ; c'est un beau jour que celui de la première communion ; j'étais bien heureux, moi aussi, ce jour-là. Veux-tu que nous priions ensemble ?

La forçant à s'agenouiller, il s'agenouilla près d'elle, et se mit à réciter les paroles du *Pater*.

— Je vais envoyer le concierge chercher un médecin, dit tout bas Jérôme.

Il descendit et revint à la hâte, assez à temps pour retenir Jacques, au moment où, un violent accès succédant à ses actes de démence, il voulait à toute force se jeter par la fenêtre.

CHAPITRE XIII.

BLANCHE D'ORTIGNY.

Mademoiselle d'Ortigny, à qui désormais nous ne donnerons plus d'autre nom, avait peine à croire à la réalité de tout ce qui venait de lui arriver. Elle était là, pressée contre le cœur de la dame au regard si doux, dont elle avait si bien gardé le souvenir qu'elle avait pu faire son portrait de mémoire. Cette dame l'appelait son enfant, sa Blanche bien-aimée; et cependant la jeune fille doutait encore. Tant de bonheur lui semblait ne pouvoir être qu'un rêve, que viendrait bientôt remplacer une triste réalité.

L'arrivée de mademoiselle d'Ortigny dans la demeure paternelle causa une véritable révolution. Les vieux serviteurs de la famille pleuraient en voyant en elle la vivante image de ce qu'était sa mère au moment de son mariage avec le comte d'Ortigny. La comtesse, rajeunie de vingt ans, retrouvant son énergie, et reprenant son rôle de dame de maison, donnait des ordres pour qu'on fêtât dignement le retour de Blanche. Il s'agissait de préparer pour la jeune fille une chambre auprès de celle de sa mère; la comtesse envoyait chercher les modistes, les couturières, car il lui tardait de voir Blanche abandonner les vêtements et les parures qui lui venaient de Jacques Bernard. De plus, la comtesse voulait elle-même quitter le deuil qu'elle n'avait pas cessé de porter depuis la disparition de sa petite fille. Mais — fâcheux contre-temps — madame Henri, qui dirigeait habituellement les femmes de chambre et les domestiques, et qui leur transmettait les ordres de la comtesse, madame Henri n'avait pas encore reparu à l'hôtel.

Au milieu de toutes ces allées et venues, personne n'avait songé à prévenir madame de Marville de l'arrivée de sa jeune cousine. Cependant, toujours aux aguets, elle s'aperçut bientôt qu'il se passait à l'hôtel quelque événement extraordinaire, et elle descendit pour se renseigner.

En apprenant que la comtesse avait enfin retrouvé sa fille, madame de Marville éprouva une telle commotion que, craignant de ne pouvoir tout d'abord dominer son trouble, elle se hâta de rentrer dans son appartement.

Là, après s'être recueillie un peu, elle écrivit à son fils, lui annonçant le retour de Blanche, et l'engageant vivement à dissimuler son dépit, s'il ne voulait pas détruire la seule chance qui lui restait peut-être encore de réparer le tort que ce retour lui causait.

« Efforcez-vous de plaire à la jeune fille, lui disait-elle en terminant. Un mariage avec elle arrangerait tout. Par là vous feriez déshériter le cher Paul plus sûrement que par tout autre moyen. A bien considérer les choses, je pense que l'arrivée de Blanche peut être pour vous un véritable coup de fortune ; les cartes sont entre vos mains ; c'est à vous de savoir vous en servir. »

Après avoir écrit cette lettre, madame

de Marville se sentit un peu plus tranquille. Elle avait, croyait-elle, conjuré le
mal autant qu'il était en son pouvoir de le
faire. Elle avait surtout — chose importante — mis son fils en garde contre les
imprudences qu'aurait pu lui faire commettre un premier mouvement de surprise
et de colère s'il s'était trouvé tout à coup,
et sans s'y attendre, en présence de sa jeune
cousine.

Alors, autant par prudence et pour se
mettre tout d'abord dans les bonnes grâces
de la jeune fille que pour satisfaire un
sentiment d'ardente curiosité, madame de
Marville se rendit auprès de la comtesse.
Elle la félicita chaudement du bonheur
que la Providence lui envoyait, et elle té-
moigna à Blanche une sympathie enthou-
siaste.

—Chère petite! lui dit-elle, il me semble
que moi aussi je retrouve une fille tendrement aimée! Ma cousine va être
jalouse, car vous aurez deux mères au
lieu d'une!

Puis vinrent des compliments sans nombre sur la beauté, sur la grâce de Blanche,

sur la ressemblance extraordinaire existant entre elle et la comtesse.

Mademoiselle d'Ortigny écoutait ceci
avec un embarras mêlé de défiance.
Autant elle s'était sentie tout d'abord
entraînée vers sa mère par un secret instinct de cœur, autant elle éprouvait de
malaise en présence de madame de Marville,
qui lui inspirait non-seulement de la
répulsion, mais une sorte de crainte dont
elle ne pouvait se défendre.

Malgré les confidences calculées par lesquelles Jacques avait essayé de lui rendre
Paul d'Ortigny suspect, elle n'avait jamais
éprouvé pour son cousin l'antipathie
qu'elle ressentait pour madame de Marville. Ce fut bien autre chose encore quand,
au bout de quelques jours, Eugène, cédant
aux conseils de sa mère, se mit à entourer
Blanche d'attentions et de petits soins
assez empressés pour faire deviner sans
peine l'intention où il était de se poser
comme prétendant à la main de sa cousine.

Mademoiselle d'Ortigny s'était habituée
à sa nouvelle position avec une facilité qui

ne doit pas surprendre, si l'on songe que
Jacques l'avait fait élever comme une riche
héritière et non comme la fille d'un pauvre ouvrier compositeur.

Bien loin d'être gênée par le luxe qui
l'entourait, elle en jouissait avec tant de
simplicité et de naturel, que madame d'Ortigny s'en étonnait, ne voulant pas croire
que Blanche avait toujours vécu au milieu
d'un luxe presque aussi grand, et que son
enfance s'était écoulée parmi des jeunes
filles appartenant aux meilleures familles
de France.

Blanche se retrouvait donc en quelque
sorte dans son milieu. Elle était toute au
bonheur de recevoir les caresses de sa
mère, de lui prodiguer les siennes, de
vivre librement au grand jour, et non plus
en s'entourant de mystère, comme Jacques
l'obligeait à le faire. Ce mystère, elle se
l'expliquait maintenant par la crainte
qu'avait Jacques de se voir arracher l'enfant ravi par lui à sa famille. Elle ne soup-
çonnait pas l'association existant entre lui
et Stephan; elle lui pardonnait son crime
envers elle, ou plutôt, si nous devons

avouer la vérité, elle jouissait si délicieusement de son bonheur présent, qu'elle ne songeait plus au passé.

En ceci, d'ailleurs, mademoiselle d'Ortigny croyait faire preuve de générosité à l'égard de Jacques. Sa mère lui avait parlé longuement de ses souffrances et de ses regrets ; Eugène et madame de Marville lui avaient raconté, en se les attribuant, toutes les démarches que M. d'Ortigny d'abord, et Paul ensuite, avaient tentées pour la retrouver, et toutes les ruses employées par Jacques pour empêcher que ces démarches ne fussent couronnées de succès. Blanche, en pensant que, tout en se dévouant pour elle avec l'abnégation la plus complète, il avait néanmoins failli tuer sa mère, se trouvait plus que quitte envers lui en s'efforçant d'oublier même jusqu'à son existence.

Paul d'Ortigny, seul, ne parlait jamais de Jacques à sa cousine. Après avoir enfin réussi à la rendre à sa famille, il affectait maintenant à son égard une réserve extrême. Témoin des attentions d'Eugène, dont il comprenait sans peine le calcul

odieùx, la pensée de paraître l'imiter lui
répugnait profondément. Si Blanche eût
été réellement Marie Muller, fille d'un malheureux qui ne pouvait lui assurer un
avenir honorable, Paul lui aurait peut-
être offert sa main, car la grâce de sa
cousine lui inspirait autant d'affection et
de respect que sa beauté lui causait d'admiration. Mais, au lieu de laisser deviner
à Blanche les sentiments qu'il éprouvait,
il ne paraissait plus que rarement à l'hôtel
d'Ortigny, et s'efforçait de témoigner à la
jeune fille une indifférence qui était bien
loin de son cœur.

Quant à Jacques, la généreuse nature
de M. d'Ortigny le poussait maintenant à
ressentir une sorte de pitié pour ce malheureux, dont toute l'existence avait été
consacrée à Blanche, n'avait eu d'autre but
que de la rendre heureuse, que de remplacer pour elle la famille dont il l'avait
privée, et qui maintenant restait seul,
oublié, méprisé par cette même enfant à
laquelle il avait tout sacrifié. Paul ne pouvait s'empêcher de le plaindre, et parfois,
en présence de l'animation avec laquelle

Eugène l'accusait et s'efforçait d'exciter au plus haut point contre lui le mépris et l'aversion de sa cousine, Paul se laissait aller à dire un mot en faveur du malheureux, abandonné à son isolement et à ses remords.

Eugène et sa mère ne manquèrent pas de mettre à profit cette imprudence. Bientôt, par des allusions adroitement amenées, ils donnèrent à entendre à Blanche que Paul était d'accord avec Jacques Bernard pour la tenir éloignée de sa tante, dont il voulait se réserver l'héritage.

Malheureusement pour eux, toute cette diplomatie vint échouer devant le bon sens de mademoiselle d'Ortigny. Ces accusations étaient trop en désaccord avec la conduite de son cousin pour que Blanche pût y ajouter foi. Elles n'eurent d'autre résultat que de modifier ses sentiments à l'égard de Paul, et de détruire peu à peu la méfiance que Jacques avait tenté de lui inspirer contre le jeune homme. Les choses en étaient là, quand un jour, pendant le déjeuner de la famille d'Ortigny, on vint dire à Blanche qu'un homme du peuple insistait pour lui parler sans retard.

Ce fait si simple produisit parmi les convives une profonde émotion. Tout le monde eut la même pensée: on crut que Jacques, affolé par la douleur d'avoir perdu son enfant d'adoption, poussait l'audace, jusqu'à venir la réclamer à sa mère.

Blanche, toute troublée, regarda la comtesse, qui elle-même était fort pâle, et qui répondit à cette muette interrogation en donnant d'une voix altérée l'ordre d'introduire dans la salle à manger l'homme qui voulait parler à sa fille.

Un soupir de soulagement s'échappa de toutes les poitrines quand on reconnut Jérôme, et madame d'Ortigny l'invita avec bienveillance à dire ce qui l'amenait.

Mais Jérôme n'avait nul besoin d'être encouragé. Il était trop dominé par la gravité des circonstances pour éprouver le moindre embarras.

— Mademoiselle, dit-il en s'adressant directement à Blanche, mon pauvre vieux camarade se meurt. Il a eu de grands torts envers vous, mais il vous a aussi beaucoup aimée, et il a beaucoup souffert à cause de vous. Il mourrait plus tranquille si vous lui disiez que vous lui avez pardonné, s'il pouvait vous revoir encore une fois avant de partir pour le grand voyage.

En apprenant que Jacques allait mourir, mademoiselle d'Ortigny se leva ; mais, suffoquée par l'émotion, elle ne put d'abord prononcer un seul mot. Sa mère la contemplait avec anxiété, et Eugène profita du silence qui régna pendant un instant, pour prononcer, d'un ton de suprême dédain, ce seul mot :

— Comédie !

Paul le regarda avec indignation, et Jérôme reprit gravement :

— Non, Monsieur ; non, ce n'est point une comédie ! C'est bien un drame, au contraire, et un terrible drame, dont le dénoûment ne sera peut-être pas tel que certaines gens l'espèrent. Outre le désir d'obtenir son pardon de mademoiselle Marie — pardon, je veux dire... enfin, peu importe — outre ce désir, Jacques veut, dit-il, faire des révélations importantes, qui préserveront mademoiselle d'un grand danger.

De pâle qu'il était, Eugène devint livide, et, prenant de nouveau la parole :

— Vous ne pensez pas aller là, ma cousine ? dit-il. Mais si cet homme a des révélations à faire, ce qui serait possible, ajouta-t-il en regardant Paul d'un air significatif, je vais aller l'interroger...

— Inutile ! interrompit Jérôme ; c'est seulement à mademoiselle qu'il parlera ; mais elle peut amener autant de témoins qu'elle le jugera convenable.

On ne détruit pas en un jour tous ses souvenirs d'enfance : Blanche fondait en larmes, oubliant le crime de Jacques Bernard pour ne plus songer qu'à son dévouement et à son affection pour elle.

— Il faudrait se hâter, reprit Jérôme ; il a sa connaissance, mais qui sait si l'agonie ne commencera pas bientôt ?

A ces mots, les sanglots de Blanche redoublèrent : elle s'appuya défaillante sur l'épaule de la comtesse, en murmurant :

— Pardon, ma mère aimée ; si tu savais comme il a été bon pour moi !

Madame d'Ortigny, s'efforçant de réprimer

l'espèce de jalousie qui, malgré elle, s'emparait de son âme, dit doucement à sa
fille :

— Ne t'occupe pas de moi, enfant ; agis
comme bon te semblera.

— Je vous suis, fit soudain Blanche,
après avoir encore embrassé sa mère.

— Attends, dit celle-ci ; je vais faire
atteler ; un de tes cousins t'accompagnera.

— Mais, ma tante, vous ne pouvez pas
autoriser une pareille imprudence ! Laissez-
moi aller seul chez ce misérable , insista
encore Eugène. Ma cousine peut être ex-
posée à de grands dangers.

— Rassurez-vous, intervint alors mademoiselle d'Ortigny d'un ton qui, n'admettait
point de réplique. Je ne cours aucun
danger ; M. d'Ortigny voudra bien m'accompagner, et, si vous désirez venir avec nous,
je ne m'y oppose nullement.

— D'ailleurs, reprit Jérôme à demi-voix,
tout coupable qu'est Jacques Bernard, on
pourrait peut-être trouver, sans aller
loin, des gens encore plus dignes de mépris
que lui.

Eugène n'eut pas l'air d'entendre, quoi-

que ces paroles eussent été prononcées
presque à son oreille ; mais un sentiment
de haine violente contre Jérôme s'empara
soudain de son âme.

Madame d'Ortigny, après avoir eu un
instant la pensée d'accompagner sa fille,
avait compris qu'en présence de ce mourant il lui serait impossible d'éprouver
les sentiments de respect et de commisé-
ration dont la charité lui faisait un devoir.
Elle se résigna donc à laisser partir Blanche ;
mais ce ne fut pas sans avoir le cœur serré
par l'inquiétude et par la jalousie. C'était
la première fois que sa fille la quittait
depuis qu'elle l'avait, en quelque sorte,
miraculeusement retrouvée, et cette séparation momentanée prenait à ses yeux une
importance extraordinaire.

Elle adressa à Paul et à Eugène les re-
commandations les plus minutieuses, et
les supplia de veiller sur Blanche. Eugène
essaya d'augmenter encore les craintes de
la pauvre mère et de la décider à s'opposer
au départ de mademoiselle d'Ortigny.

Mais la comtesse sentait bien que, si elle
empêchait la jeune fille d'accomplir ce

qu'elle considérait comme un devoir, celle-ci en éprouverait de véritables remords, qui peut-être finiraient par nuire à l'affection qu'elle portait à sa mère. Eugène ne réussit donc pas à la persuader.

Quant à Paul, il se contenta de répondre :

— Soyez tranquille, ma tante ; Blanche ne court aucun danger ; dans quelques heures nous vous la ramènerons saine et sauve.

Jérôme n'avait rien exagéré en disant que Jacques était mourant. Blanche frémit en voyant que le chagrin et la maladie l'avaient rendu presque méconnaissable.

Le désordre régnait autour de lui, dans ce pavillon où la jeune fille était autrefois entourée des mille superfluités qui font le bonheur d'une femme élégante.

La misère avait laissé partout des stigmates hideux, que la malpropreté rendait plus répugnants encore. Jacques Bernard grelottait, enseveli sous un énorme monceau de vêtements, insuffisants pour ramener un peu de chaleur à ses membres, que la fièvre agitait d'un tremblement convulsif. Son visage, amaigri et d'une pâleur

8**

mate, aurait déjà paru appartenir à l'autre vie, si ses yeux, enfoncés dans leurs orbites, et brillants d'un éclat étrange, ne lui avaient donné une animation presque effrayante.

Il n'avait pas le délire cependant, et une sorte de pénible sourire contracta ses traits, quand il vit mademoiselle d'Ortigny s'approcher de lui.

— Te voilà, ma petite Marie, dit-il d'une voix faible. Tu m'as fait bien du mal, mais je te pardonne.

Blanche tressaillit. Elle était venue pour pardonner, et c'était elle qu'on accusait; c'était à elle que ce mourant accordait son pardon, alors qu'elle ne songeait même point à le demander.

Pour la première fois, elle comprit tout ce que Jacques avait dû souffrir; elle comprit que son départ l'avait tué; et, saisie d'un véritable remords, elle s'agenouilla auprès du lit, en s'efforçant de retenir ses larmes.

Jacques la contempla un instant avec une expression de tendre pitié. Puis il reporta ses regards vers les deux jeunes gens qui l'accompagnaient.

— Tu n'es pas venue seule ? reprit-il avec un accent d'ironie amère ; tu avais peur de moi... Pourtant je ne te veux pas de mal. Mais tu as bien fait d'amener celui-ci — il désignait Paul — c'est un honnête homme ; il portera témoignage de ce que je veux te révéler.

En entendant le malade parler ainsi de M. d'Ortigny, dont jadis il l'avait tant engagée à se défier, Blanche leva vivement la tête, croyant qu'il avait le délire.

Il devina sa pensée.

— J'ai toute ma raison, dit-il ; malheureusement je suis bien faible. Mais il faut te sauver, enfant. Tu me mépriseras ; tu maudiras ma mémoire, car je suis un misérable ; pourtant je parlerai, tu sauras tout, ce sera mon expiation...

— Cet homme est fou ! interrompit Eugène. Ma cousine, votre place n'est pas ici.

Blanche, sans répondre, lui imposa silence du geste.

— Oh ! vous craignez mes paroles, reprit Jacques, se tournant péniblement vers M. de Marville. Vous voudriez m'imposer silence... mais il est temps que la vérité soit connue. Marie, j'ai calomnié un honnête homme, je dois lui rendre justice... Celui-ci — il désigna Paul — est digne de toute ta confiance ; celui-là — il montra Eugène d'un doigt menaçant — celui-là...

— Quelqu'un monte l'escalier ! s'écria soudain M. de Marville.

— En vérité, monsieur, fit Blanche indignée, on croirait qu'en effet vous redoutez singulièrement les révélations dont on vous menace !

— Vous me rendrez justice plus tard, ma cousine, répondit Eugène, en affectant un calme que démentait sa pâleur mortelle.

Il ouvrit la porte, et, en effet, madame Henri entra, accompagnée du vieux docteur, ami de la famille d'Ortigny, que la comtesse, dominée par l'inquiétude, avait envoyé chercher après le départ de Blanche.

Un instant, M. de Marville parut se demander s'il ne serait pas prudent de s'éloigner.

— Venez ! dit vivement la jeune fille

en s'élançant vers le docteur ; sauvez-le !

Le vieillard s'approcha de Jacques, dont l'émotion avait achevé d'épuiser les forces, et qui semblait maintenant n'avoir plus conscience de ce qui se passait autour de lui.

La physionomie du docteur devint grave.

— Vous feriez mieux de partir, Mademoiselle, dit-il à Blanche. Madame Henri et moi nous passerons la nuit auprès de ce malheureux ; mais votre place n'est pas ici.

— C'est précisément mon avis, fit M. de Marville triomphant.

— Mais ce n'est pas le mien, reprit Blanche avec une énergie singulière. S'il doit mourir, je veux être près de lui jusqu'au dernier moment, pour le calmer et le réconcilier avec lui-même. Je veux aussi, ajouta-t-elle en regardant fixement M. de Marville, recevoir les révélations qu'il ne veut faire qu'en ma présence.

— Bien dit ! murmura Jérôme.

— Est-ce votre avis, docteur ? demanda Eugène.

Le docteur réfléchit un instant. Il avait

toujours éprouvé une profonde antipathie
pour madame de Marville et pour son fils.
Aussi, comprenant qu'il y avait là un drame
de famille dans lequel des intérêts terribles
étaient peut-être en jeu, il répondit froidement :

— En restant, mademoiselle s'exposera
sans doute à de pénibles émotions. Mais
elle peut mieux que moi apprécier la gravité des raisons qui l'obligent à ne pas
s'éloigner.

Eugène se mordit les lèvres avec tant de
force que le sang jaillit.

— Mais... votre mère, elle va mourir
d'inquiétude ; dit-il encore à Blanche.

Celle-ci ne lui répondit pas, et se tournant vers Paul :

— Mon cousin, dit-elle, vous irez la rassurer ; vous lui expliquerez que je passe
la nuit ici avec le docteur et madame
Henri.

— Mais..., balbutia le jeune homme, un
peu troublé par la préférence visible que
lui témoignait sa cousine ; mais j'avais
promis de ne pas vous quitter.

— Ne craignez rien, fit Blanche : vous

voyez que je tiens à rester jusqu'à la fin.

— Vous risquez d'être gravement compromise, insista encore Eugène, qui ne pouvait se résoudre à abandonner la partie. Cet homme avoue lui-même qu'il est un misérable. D'un moment à l'autre, il se peut faire que la justice des hommes lui demande compte des actes qu'il a commis. En restant près de lui, vous vous exposez à être prise pour sa complice, arrêtée peut-être comme telle.

Blanche tressaillit ; mais Jérôme dit lentement :

— Si Jacques parlait, il y en a d'autres qui pourraient être arrêtés comme complices.

— Il pourrait même, si l'on attachait quelque importance à ses divagations, faire arrêter des innocents, répondit hardiment Eugène, dont le front était couvert d'une sueur froide. Heureusement qu'il est maintenant hors d'état de parler.

— C'est ce qui vous trompe, Monsieur, répondit le docteur, qui avait suivi tous les détails de cette scène avec une attention extrême. Les forces de cet homme sont épuisées, mais il vivra peut-être encore demain ; et , avant qu'il rende le dernier soupir , il semblera pendant quelques heures revenir à la vie. Son esprit sera parfaitement lucide , il pourra parler et même écrire : ce qui serait plus prudent s'il a réellement à faire des révélations importantes.

En présence de cette déclaration, M. de Marville sentit sa raison se troubler. Comprenant qu'il ne gagnerait rien en insistant davantage, il répondit, aussi tranquillement qu'il put :

— Allons ! tout est pour le mieux. Je vous quitte, ma cousine ; à demain.

Blanche répondit à peine à son salut, mais elle tendit la main à Paul.

— Partez aussi, dit-elle ; allez rassurer ma mère.

Les deux jeunes gens s'éloignèrent ensemble : Paul avec l'intention de revenir le plus tôt possible au chevet du mourant, Eugène la rage au cœur , cherchant les moyens de prévenir les révélations de Jacques.

Rentré chez lui, il resta pendant long-

temps plongé dans une profonde médita-
tion. Puis tout à coup il s'écria, avec un
accent de joie féroce :

— Oh ! du moins, si je ne me sauve pas,
je me vengerai ! je les perdrai tous !

Et, s'asseyant devant son bureau, il se
mit à écrire rapidement une longue lettre,
qu'il copia ensuite avec un soin minutieux.

—◆◆◆—

CHAPITRE XIV.

LA JUSTICE DES HOMMES.

M. de Marville passa une partie de la nuit à écrire, puis, après avoir relu son travail à plusieurs reprises, il le mit dans une enveloppe qu'il cacheta, et, glissant le tout dans son portefeuille, il sortit malgré l'heure avancée.

La résolution qu'il avait prise l'effrayait. Il voulait, avant de la mettre à exécution, essayer encore de réduire Jacques au silence par d'autres moyens; il voulait parler à Stephan, l'avertir du danger qui le menaçait ainsi que ses autres complices, et obtenir du chef magyar qu'à tout prix il empêchât les révélations du mourant.

Eugène se dirigea vers la ruelle avoisinant la rue Saint-Denis, et où les hommes de Stephan se réunissaient souvent. Son

découragement était tel qu'il ne prit même
pas la précaution de se déguiser , comme
il le faisait habituellement. Il s'enveloppa
seulement d'un grand manteau de couleur
sombre.

Le hasard parut d'abord se déclarer en sa
faveur. Plusieurs des associés de Stephan
étaient au rendez-vous. En voyant arriver
l'Innocent — c'était le surnom donné à
Eugène — dans une toilette recherchée,
ils témoignèrent bruyamment leur surprise.

— Plus que ça de genre! fit l'un d'eux;
est-ce soigné, au moins! Rien n'y manque!

— Est-ce que tu as dévalisé un nabab?
demanda un autre.

— Eh ! non ! reprit un troisième; vous
ne devinez pas que l'Innocent se marie et
qu'il est venu nous inviter à sa noce !
C'est gentil, ça, de ne pas oublier les camarades !

Eugène laissa passer cette bourrasque
de lazzis; puis il demanda brusquement :

— Où est e magyar ? Il faut que je lui

parle cette nuit même ! Il y va de notre vie à tous, ou du moins de notre liberté !

Les hommes devinrent sérieux et se regardèrent avec inquiétude.

Celui que nous avons déjà rencontré en ce même endroit déguisé en vieillard, et sans déguisement au cabaret du "Puits-qui-parle, le jour où M. d'Ortigny avait été y chercher Jérôme, se chargea de répondre :

— Le Magyar ! fit-il. Tu ne sais donc pas ce qui lui est arrivé? Depuis que la guerre avec la Prusse est commencée, il rendait au gouvernement français d'importants services par les renseignements que sa parfaite connaissance de la langue allemande le mettait à même de se procurer. Mais ce brave Stephan, tout Hongrois qu'il est, a toujours eu pour l'Allemagne un faible bien marqué; il se laissait parfois entraîner à donner aussi aux Allemands quelques renseignements — généreusement récompensés. — Dame, c'est assez naturel, n'est-ce pas ? Chacun a bien le droit de songer à ses intérêts; d'ailleurs...

— Enfin! interrompit Eugène impatienté, pouvez-vous me dire, oui ou non, où je trouverai le Magyar?

— J'allais y arriver. Bref, après la cruelle déception éprouvée le 6 de ce mois d'août 1870 — date dont l'histoire se souviendra — le pauvre Stephan, accusé d'avoir contribué à propager de fausses nouvelles, a été violemment expulsé du territoire. Quant à te dire où il est, mon petit, impossible, vu que je l'ignore absolument.

—Malédiction! s'écria Eugène; pourquoi m'avoir retenu si longtemps?

Il s'élança vers la porte; mais un des hommes lui barra le passage.

— Un instant, fit-il. Tu viens de dire qu'il s'agit pour nous tous de la prison et peut-être pire encore. Nous avons bien le droit de te demander ce qu'il y a.

Un nuage de sang passa devant les yeux d'Eugène. Il était dans un de ces moments de rage indescriptible, où, l'instinct de conservation dominant tous les autres, l'homme ainsi poussé à bout devient presque semblable à un animal féroce et se sent le pouvoir et la volonté de massacrer sans pitié tout ce qui lui fait obstacle.

Pour Eugène, le quart d'heure de retard que l'exigence de ces hommes allait lui causer, c'était sa perte. La dénonciation qu'il avait écrite devait être déposée à l'aube du jour à la préfecture de police, afin que les mesures prises par l'autorité prévinssent les révélations de Jacques Bernard. Il lui fallait encore rentrer chez lui et y revêtir un costume de commissionnaire avant de porter sa lettre qu'il n'osait confier à personne, quoiqu'il ne voulût pas en prendre la responsabilité. Or, le jour ne devait pas tarder à paraître, et, une fois qu'il serait venu, non-seulement, les difficultés de son entreprise augmenteraient, mais Jacques parlerait peut-être, et si Jacques parlait, M. de Marville était perdu sans ressources.

En bien moins de temps qu'il n'en faut pour les écrire, toutes ces réflexions se pressèrent en foule a l'esprit du jeune homme.

—Soit, dit-il d'un air insouciant, je vais vous raconter la chose : au fait, vous avez raison, un bon averti en vaut deux ; il est

préférable que vous sachiez à quoi vous
en tenir.

Il recula vers la table, et ses compagnons, trompés par sa feinte indifférence,
abandonnèrent la porte.

Alors M. de Marville, tirant brusquement
un pistolet de dessous son manteau, renversa d'un coup de poing l'homme qui se
trouvait devant lui, et, menaçant du geste
les deux autres, franchit le seuil en disant
d'une voix sourde :

— Place ! ou je tire !

Avant que ses adversaires fussent revenus de leur stupeur, M. de Marville était
dehors et se dirigeait à grands pas vers la
rue du Helder.

Moins d'une heure après, la lettre dé-
nonçant Jacques Bernard comme l'auteur
du vol audacieux des diamants de la cantatrice était entre les mains du préfet de
police.

Suivant les prévisions du docteur,
l'abattement du malade avait été suivi
d'une crise ayant toute l'apparence d'une
réaction salutaire. Vers le milieu de la
nuit, Jacques ouvrit les yeux ; il reconnut

toutes les personnes qui l'entouraient :
madame Henri, Céline, qui était venue
rejoindre sa mère ; Blanche, qu'il appelait
toujours Marie ; Jérôme, à qui il serra
affectueusement la main. Ses premiers
mots furent pour demander un prêtre,
qu'on s'empressa de lui amener ; et après
s'être confessé, après avoir reçu l'abso-
lution de ses fautes, il pria le ministre de
la religion de rester auprès de lui pour
soutenir son courage pendant les aveux
qu'il voulait répéter en présence de tous.

Le vénérable ecclésiastique, à qui une
longue expérience avait appris l'indulgence
pour les coupables repentants, promit à
Jacques de ne pas l'abandonner, et il sut,
par de pieuses consolations, faire luire un
rayon d'espérance dans l'âme désolée du
mourant.

Grâce à lui, Jacques put accomplir jusqu'au bout la tâche douloureuse qu'il avait
entreprise. Blanche frémit plus d'une fois
en écoutant l'histoire de cette existence
coupable, et madame Henri put apprécier
tout le mal que sa trahison avait fait à
l'homme qui l'aimait, qui était tout dis-

posé à rester honnête, et que le désespoir avait violemment jeté hors du droit chemin.

Jacques Bernard raconta comment, après avoir enlevé l'enfant du milieu des flammes, il s'était, pendant quelques jours, caché dans de misérables auberges, où les démarches faites par la famille d'Ortigny l'avaient mis en grand danger d'être découvert. Il était ensuite allé à Strasbourg, où il avait cherché à exercer son état de compositeur ; mais la crainte d'être reconnu, malgré son changement de nom, par les parents de Blanche, l'avait décidé à s'éloigner encore. Il avait ainsi gagné la Hongrie, vivant sur ses économies, se privant du nécessaire, et ne reculant devant aucun sacrifice pour assurer le bien-être de la petite fille qui s'était habituée à lui et à laquelle il s'attachait chaque jour davantage.

Mais, en dépit des privations qu'il s'imposait, ses ressources finirent par s'épuiser. Malgré tous ses efforts, il lui fut impossible de trouver du travail qui pût lui donner les moyens de subvenir à ses besoins

et à ceux de l'enfant, et bientôt il vit avec
terreur approcher le moment où la petite
Marie — c'est ainsi qu'il nommait Blanche
— endurerait à son tour les souffrances de
la misère.

. La pensée qu'il avait ravi à ses parents
la pauvre petite créature pour la faire
souffrir, tandis qu'elle était destinée, par
la position de sa famille, à jouir de tout le
confort que donne la fortune, lui était
insupportable.

Par une de ces bizarreries dont les
exemples sont plus communs qu'on ne le
croit, les remords auxquels il avait imposé
silence lorsqu'il s'était agi d'enlever un
enfant à sa mère, le dominèrent presque
au point de troubler sa raison lorsqu'il
se vit forcé par la misère de refuser à la
petite Marie les jouets ou les bonbons
qu'elle lui demandait.

C'est alors qu'il fit la connaissance de
Stephan, le Magyar.

Stephan, à la tête d'une bande nombreuse composée d'individus sans foi ni
loi, rebut de toutes les nations, désolait
alors la Hongrie par des vols audacieux,

dont les auteurs savaient, avec une habileté infernale, se dérober à toutes les poursuites. Lorsqu'il vit Jacques, il comprit le parti qu'il pouvait tirer de cet homme intelligent et honnête, qu'une faute commise dans un moment d'égarement avait jeté hors de sa voie, et que le désespoir et la misère devaient fatalement entraîner de plus en plus dans la terrible route où il s'était engagé.

Bientôt Jacques fut l'ami et l'associé de Stephan le Magyar, il prit part à ses « opérations » et réalisa d'importants bénéfices.

La petite Marie grandissait, Jacques craignait qu'elle ne finît par comprendre à quelle étrange industrie il se livrait. Le misérable qui avait foulé aux pieds toutes les lois de l'honneur et de la probité, voulait rester honnête aux yeux de l'enfant qui le croyait son père ; il voulait qu'elle pût le respecter comme tel.

Stephan rêvait depuis longtemps d'avoir des « agents » dans différents pays. Jacques lui proposa d'aller s'établir en France et d'y mener une existence modeste, dans une retraite d'où il enverrait ses instructions aux hommes que Stephan placerait sous ses ordres.

La prope tion fut acceptée ; Jacques vint s'établir en Alsace, et plaça Marie dans un couvent à Strasbourg. Pendant tout le temps que la jeune fille fut absente, il tint fidèlement les promesses faites au Magyar et amassa des sommes considérables. Mais après le retour de Marie à la ferme, le zèle de Jacques se ralentit sensiblement. La candeur, la délicatesse des sentiments de l'enfant le faisaient rougir devant elle de son affreux métier ; il lui semblait toujours qu'elle allait lire la vérité dans ses yeux, et, confus, humilié, il se détournait d'elle pour lui cacher son trouble. D'ailleurs, les années avaient pesé lourdement sur lui ; Jacques n'avait plus sa force et son activité d'autrefois, et Stephan finit par remarquer une diminution notable dans les profits de l'association. C'est alors qu'il vint en Alsace pour veiller lui-même à ses intérêts.

Quand le malade raconta le rôle joué par Eugène de Marville, Blanche, par un mou

vement presque involontaire, tendit la
main à Paul.

— Oui, dit Jacques, tu peux te fier à
celui-là ; mais garde-toi de l'autre ; que
j'aie du moins en mourant la consolation
de l'avoir empêché de te nuire.

— Tout ceci est fort grave, dit le docteur, quand Jacques eut fini. Je viens de
l'écrire tandis que vous parliez ; avez-vous
la force de lire ce papier et de le signer ?

— Oh ! oui, soyez béni pour cette bonne
pensée ! fit Jacques, qui s'empara du papier
et le parcourut avidement. C'est cela ! c'est
vrai ! murmura-t-il. Une plume, de l'encre ;
donnez vite : je veux signer...

Il tendait la main avec une fiévreuse
impatience, mais ses forces le trahirent ;
il retomba épuisé sans pouvoir saisir la
plume que lui présentait le docteur.

— Mon Dieu ! fit le prêtre en levant les
yeux au ciel, permettrez-vous que le repentir de ce malheureux reste stérile ?

— Non ! dit le docteur, glissant entre
les dents serrées du moribond quelques
gouttes d'une potion qu'il venait de pré-

parer. Non ! ce n'est qu'une faiblesse momentanée.

En effet, Jacques ouvrit de nouveau les yeux, mais ses traits étaient bouleversés et sa physionomie exprimait une horrible angoisse.

— Le papier... vite... je veux signer..., balbutia-t-il en agitant les bras.

Sa voix était si changée que tous les assistants se regardèrent en proie à une sorte de terreur.

Le docteur lui prit la main, et Jacques, se tournant péniblement vers lui, fit signe qu'on lui donnât encore de la potion qui l'avait ranimé.

Alors, tout frissonnant, le visage couvert d'une sueur froide, le moribond parvint à s'asseoir sur son lit, et, d'une main ferme, quoique le reste de son corps fût agité d'un tremblement convulsif, il traça ces mots à la suite des aveux écrits sous sa dictée :

« Au nom du Dieu devant qui je vais paraître, je jure que tout ce qui précède est l'exacte vérité. Puisse le Seigneur me faire miséricorde et ne pas permettre que de nouveaux crimes s'accomplissent ! »

Puis il signa.

Quand il eut signé, ses traits contractés semblèrent se détendre ; son visage rayonna d'une expression de joie ineffable, il laissa retomber sa tête sur l'oreiller, et ses mains crispées cherchèrent à saisir les couvertures de son lit.

Le docteur prit le papier que le mourant avait laissé échapper, puis il échangea un regard avec Paul.

— Ma cousine, dit tout bas celui-ci ; il est temps de vous retirer.

Blanche le regarda comme si elle n'eût pas compris ses paroles ; puis s'agenouillant au chevet du lit, elle saisit la main de Jacques :

— Père ! père ! répondez-moi ! s'écria-t-elle en sanglotant.

Jacques rouvrit les yeux, ses doigts s'agitèrent faiblement comme pour répondre à la pression de la jeune fille ; puis ses lèvres s'entr'ouvrirent comme s'il eût voulu parler, et les assistants, retenant leur respiration, entendirent, comme un murmure à peine distinct, ce mot :

— Merci !

Jacques poussa un léger soupir, et M. d'Ortigny voulut encore emmener Blanche.

— Ne le dérangez pas, dit-elle, montrant la main du mourant qu'elle tenait dans la sienne.

Le prêtre récitait les prières des agonisants.

On frappa violemment à la porte de la maison, et un instant après la servante effrayée entra dans la chambre.

— Ce sont des agents qui cherchent un voleur ! dit-elle à demi-voix.

M. d'Ortigny descendit en toute hâte, et trouva, en effet, des agents chargés d'arrêter Jacques Bernard.

— L'homme que vous cherchez, dit-il, n'aura bientôt plus à rendre compte de ses fautes qu'à Dieu seul.

— C'est possible, répondit avec une méfiance évidente celui qui paraissait le chef ; mais cet homme a des complices, et il importe de ne pas les laisser échapper. Toutes les issues sont gardées, nul ne sortira maintenant d'ici sans autorisation.

Paul frémit en songeant à sa cousine.

— Avez-vous donc l'ordre d'arrêter d'autres personnes que Jacques Bernard ? demanda-t-il.

— Je n'ai pas de comptes à vous rendre, repartit l'agent; cependant je consens à vous dire que j'ai seulement pour mission d'arrêter Bernard, à moins que lui-même ne désigne comme complice quelqu'une des personnes présentes. Ne seriez-vous pas, par hasard, M. Paul d'Ortigny?

— En effet ! répondit celui-ci avec une certaine hauteur, car il était à la fois surpris de cette question et blessé du ton dont elle était faite.

— En ce cas, Monsieur, veuillez, je vous prie, ne point entraver plus longtemps l'action de la justice.

En ce moment Eugène de Marville arrivait. Il se fit rendre compte de ce qui se passait et prit résolûment le parti des agents.

— C'est un grand malheur ! dit-il d'un ton pénétré, mais en honnête homme je croirais manquer à mon devoir si je cherchais à empêcher la justice d'avoir son cours.

Paul se détourna de lui sans chercher à dissimuler son dégoût, et remonta dans la chambre mortuaire.

Les agents le suivirent.

Arrivés au seuil de la porte, ils s'arrêtèrent, saisis du respect qu'éprouvent devant la mort les hommes en qui de ridicules et misérables doctrines n'ont pas éteint tout sentiment de leur dignité en les faisant se considérer eux-mêmes comme les égaux des êtres inférieurs de la création.

Des cierges brûlaient devant le lit, sur lequel Jacques Bernard, les yeux fermés, serrant un crucifix dans ses mains croisées sur sa poitrine, reposait du dernier sommeil.

Autour du lit, Blanche, Céline, madame Henri et Jérôme agenouillés récitaient avec le prêtre les prières des morts.

Tous étaient si absorbés par la douleur, que le docteur seul remarqua l'arrivée des nouveaux venus.

Il alla vivement au-devant de Paul, qui l'entraîna dans la pièce voisine et lui raconta, en présence des agents, ce qui se passait.

Eugène de Marville s'approcha de sa cousine et lui tendit la main d'un air de condoléance.

Mais le regard que la jeune fille leva sur lui exprimait tant d'indignation et de souverain mépris, qu'Eugène tout troublé se retira à l'autre extrémité de la chambre, se demandant avec inquiétude si Jacques Bernard avait parlé!

Une demi-heure s'écoula ainsi. M. de Marville eut beau prêter l'oreille pour entendre ce qui se disait dans l'autre chambre, il ne put saisir qu'un bruit confus, à demi couvert par les voix de ceux qui priaient autour du lit de Jacques.

Enfin, après cette demi-heure d'attente, qui parut un siècle au jeune homme, les agents reparurent. Leur chef s'inclina respectueusement devant mademoiselle d'Ortigny, à qui Paul le présenta du geste :

— Pardonnez-nous, Mademoiselle, dit-il, de venir vous troubler dans un pareil moment; mais nous avions un ordre d'arrestation contre ce malheureux qui vient de rendre le dernier soupir, et, en présence des aveux qu'il a faits avant de mourir, nous devons nous assurer de la personne de son complice.

Involontairement Blanche jeta les yeux sur M. de Marville. Il était livide et regardait tout autour de lui d'un air égaré, comme s'il eût cherché une issue pour fuir ou une arme pour se donner la mort.

Blanche avait reconnu dans les mains de celui qui lui parlait le papier signé par Jacques Bernard.

— Est-ce, demanda-t-elle en dominant son trouble, pour des faits me concernant que le complice de Jacques doit être arrêté?

— Non, Mademoiselle, lui fut-il répondu; ces faits pourront sans doute rendre plus graves les charges qui pèsent contre lui, mais Jacques devait être arrêté pour le vol de diamants de madame X., et c'est comme complice de ce vol que, sur sa déclaration formelle et écrite, nous devons arrêter l'homme qu'il a désigné.

Eugène écoutait, haletant; son trouble seul l'aurait trahi, quand bien même Jacques n'aurait point fait d'aveux.

Blanche le regarda encore avec une

expression indéfinissable de dégoût et de pitié.

— Ainsi, dit-elle en avançant la main pour prendre le papier que l'agent lui montrait, ainsi, sans cette déclaration vous ne pourriez arrêter le... complice de... de... Jacques Bernard?

— Mes instructions sont précises. Je devais arrêter Bernard et m'assurer de la personne de ceux que lui-même désignerait comme ses complices. Sans sa dénonciation, j'aurais dû retourner à la préfecture chercher des ordres nouveaux avant d'opérer aucune arrestation.

Il n'avait pas achevé de parler qu'un cri lui échappa et qu'il s'élança vers Blanche.

La jeune fille brûlait à la flamme d'un cierge béni le papier qu'elle tenait à la main.

Pour arriver jusqu'à elle il fallait déranger l'autel improvisé sur lequel on avait placé le crucifix, l'eau bénite et les cierges.

L'agent hésita un instant.

— Mademoiselle, que faites-vous? s'écria-t-il.

— Ne craignez rien, dit Blanche avec

une dignité calme. Le vol sera remboursé, et maintenant que vous connaissez le coupable, il vous sera facile de le faire surveiller. Mais, ajouta-t-elle en montrant Jacques, je ne veux pas que son dernier acte sur cette terre soit un acte de vengeance.

Tout le monde blâmait l'action inconsidérée de mademoiselle d'Ortigny ; tout le monde, excepté Paul qui murmura :

— A sa place j'aurais agi comme elle.

Mais celui qui osa lui adresser les reproches les plus violents, ce fut Eugène de Marville. Du moment où les preuves existant contre lui eurent disparu, il retrouva toute son assurance et feignit de n'avoir pas compris qu'il pouvait être question de lui.

— Vous avez eu grand tort, ma cousine, d'entraver ainsi l'action de la justice, fit-il avec un sang-froid remarquable. Vous rejetez par là dans la société quelque misérable dont il aurait sans doute été fort heureux pour elle d'être délivrée.

Le docteur, indigné de tant d'audace, allait répondre ; Blanche le prévint.

—Vous avez raison, fit-elle avec un dédain

écrasant. Mais, si la preuve écrite par celui qui n'est plus était nécessaire à la justice des hommes pour condamner le
coupable, il est un tribunal aux yeux
duquel nul crime n'est caché ; c'est ce
tribunal qui le condamnera. S'il échappe
à la justice humaine , il n'échappera
point à la justice divine.

Les agents s'éloignèrent à regret, aban-
donnant la proie qui semblait si bien leur
appartenir. Peu d'instants après, Eugène,
qui se sentait l'objet du mépris de tous,
quitta à son tour la maison, pour chercher un refuge contre les poursuites qui
allaient certainement être dirigées contre lui.

CHAPITRE XV.

LA JUSTICE DIVINE.

Les désastres de la terrible année 1870
commençaient. Le trouble le plus grand
régnait à Paris. Chaque jour on apprenait
de nouveaux malheurs; l'ennemi était au
cœur de la France, il s'avançait vers la capitale, et, comme si ce fléau n'eût pas été
suffisant, la guerre civile venait encore
s'ajouter aux horreurs de l'invasion étrangère.

Le désordre était partout; et ce désordre, funeste aux honnêtes gens, devenait
pour Eugène un motif de sécurité en re-
tardant l'enquête que devait infailliblement-
ment amener le récit fait par l'agent chargé
d'arrêter Jacques Bernard.

Au bout de deux jours, M. de Marville,
revenu de la terreur qu'il avait d'abord
éprouvée, n'eut plus d'autre pensée que de

se venger de Paul, à qui il attribuait la ruine de toutes ses espérances.

Sa haine contre Paul était plus grande encore peut-être que son inquiétude pour lui-même. Cette haine allait jusqu'à lui faire négliger les mesures de prudence qu'exigeait sa propre sûreté. Incapable de demeurer dans l'inaction au milieu d'une ville enfiévrée, dont la plupart des habitants semblaient atteints d'une sorte de vertige, M. de Marville se décida à sortir de sa retraite, après avoir pris toutefois la précaution de revêtir un déguisement, qui, croyait-il, devait le rendre à peu près méconnaissable.

Les rues étaient encombrées d'une foule bruyante et inquiète. On s'interrogeait, on se communiquait les nouvelles, vraies ou fausses, que chacun commentait à sa façon. On était attristé, anxieux, mais on ne désespérait pas cependant. La pensée d'un échec définitif était trop épouvantable pour que personne voulût y arrêter son esprit.

Au milieu de cette foule affairée, Eugène se frayait péniblement un passage, interrogeant la physionomie de tous ceux qu'il rencontrait; cherchant, quoi? Lui-même peut-être n'aurait pu le dire. Il voulait se venger de Paul; c'était chez lui une idée fixe, dominant toutes les autres, et il lui semblait qu'en errant ainsi par les rues il rencontrerait quelqu'un ou quelque chose qui lui en donnerait les moyens

Soudain il tressaillit à la vue d'un vieillard, qui, en dépit de l'aspect vénérable qu'il devait à sa longue barbe blanche, essayait de s'approprier le porte-monnaie d'un monsieur placé devant lui.

Eugène se mit à siffler d'une façon particulière; puis il dit à demi-voix:

— Eh! vieux!

Le vieillard, sans se retourner, fit un mouvement de tête annonçant qu'il avait compris. Puis, après avoir mené à bonne fin l'opération commencée, il ralentit le pas sans affectation et se trouva bientôt à côté d'Eugène.

— Que veux-tu, *l'Innocent?* demanda-t-il.

— Tu m'as reconnu? fit M. de Marville surpris.

— Tiens ! est-ce que, par hasard, tu te croyais de force à tromper les anciens ? Tu sais que le Magyar a été pendu en Allemagne comme espion français ?

— Non ! je croyais, au contraire, qu'il avait été expulsé de France comme espion prussien.

— En effet ; mais tout le monde avait raison, et puisqu'il a été assez maladroit pour se trahir lui-même après avoir trahi les autres, il a bien mérité ce qui lui est arrivé. Tu n'as pas besoin de moi, par hasard ? Je n'ai rien à faire, ça m'ennuie.

— Cependant, reprit M. de Marville d'un air railleur, les distractions qu'on peut trouver en cherchant dans les poches de ses voisins ne sont pas toujours à dédaigner.

— Bah ! histoire de s'entretenir la main ; fit le « Vieux » d'un ton dégagé. Mais c'est trop fade ; j'aime les grandes entreprises, les difficultés ; j'étais né pour la diplomatie.

— Viens avec moi, dit Eugène d'un ton bref, j'ai à te parler... au sujet de quelqu'un que tu connais... Paul d'Ortigny.

— Ah ! ce muscadin qui est venu faire le mouchard au cabaret du Puits-qui-parle ! En voilà un qui ne revient pas ! s'il s'agit de lui être désagréable, j'en suis !

— Viens, alors ; il n'y a pas moyen de causer au milieu de tout ce monde.

Ces paroles s'étaient échangées à demi-voix, et malgré les coups de coude et les horions distribués par des gens qui, allant en sens contraire les uns des autres, s'irritaient de voir leur marche retardée par deux individus immobiles sur le trottoir.

M. de Marville et son compagnon se mirent en devoir de traverser la chaussée pour gagner une rue latérale et relativement déserte.

Pendant qu'ils traversaient, Eugène fut violemment heurté par le brancard d'un fiacre, dont le cocher était fort occupé à regarder par-dessus sa voiture une troupe de volontaires qui s'avançaient en faisant entendre des chants patriotiques.

Le jeune homme s'élança à la tête du cheval et le fit se cabrer, malgré les jure-ments et les coups de fouet du cocher, qui lui criait, en l'accablant d'épithètes peu flatteuses :

— Finissez donc, grand... maladroit ! ne voyez-vous pas qu'il y a une voiture derrière moi ?

Il y avait, en effet, une voiture — un élégant coupé — dont le cheval fougueux se cabra furieusement, en se sentant atteint par le fiacre qu'Eugène faisait reculer. Malheureusement ce coupé lui-même était suivi d'autres voitures. La rue, nous l'avons dit, était encombrée de monde, et, en moins d'un instant, ce fut un trouble indescriptible. Le fiacre versa, les glaces du coupé volèrent en éclats ; le cheval, qui s'était blessé dans ses mouvements désordonnés, lançait des ruades épouvantables. Le malheureux cocher fut précipité en bas de son siége, et parmi les cris et les gémissements qui s'élevaient de toutes parts Eugène distingua une voix — une voix de femme — qui retentit jusqu'au fond de son cœur et lui causa une angoisse comme il n'en avait jamais éprouvée, même dans les moments les plus terribles de sa vie.

— Quelle est cette femme ? s'écria-t-il en repoussant son compagnon qui voulait le retenir. Il faut que je la voie !

— Y penses-tu ? dit le « Vieux », cherchant à l'entraîner. Tu veux donc nous faire mettre en pièces par tous ces gens-là ! Profitons de ce qu'ils sont occupés à porter secours ; dans un instant peut-être ils vont penser à nous ; et alors... ce ne sera pas drôle.

— Ecoutez ! murmurait Eugène, que vient-on de dire ? Elle est morte ! n'avez-vous pas entendu ? Je veux savoir le nom de cette femme qui est morte !

— Alors viens par ici, on l'emmène dans cette maison ; dit le faux vieillard, qui, désespérant de convaincre M. de Marville, eut recours à ce stratagème.

Cette fois il réussit à l'entraîner. Mais il eut beau insister pour savoir ce que celui-ci avait eu l'intention de lui proposer, il ne put obtenir aucun renseignement d'Eugène, qui croyait sans cesse entendre le cri déchirant dont il avait été si douloureuse-

ment impressionné, et ces mots terribles :
« Elle est morte ! »

Le lendemain, n'osant se montrer lui-
même aux environs de l'hôtel d'Ortigny,
M. de Marville envoya le « Vieux » savoir
s'il n'y était arrivé aucun événement extraordinaire.

Celui-ci, à son retour, lui affirma, avec
un air de grande sincérité, que tout y était
parfaitement calme.

Un peu rassuré par ces nouvelles, Eugène put enfin communiquer à son complice le plan qu'il avait combiné pour
tâcher de compromettre Paul d'Ortigny
comme ayant des relations suspectes avec
les gouvernements étrangers. Il fut convenu entre eux que dès le .lendemain on
agirait dans ce but.

Mais le lendemain, M. de Marville, plus
que jamais obsédé par de sinistres pres-
sentiments, résolut de se rendre auprès
de sa mère. Il voulait à tout prix la voir,
ne fût-ce qu'un instant, pour être enfin
délivré de l'horrible angoisse qui lui
serrait le cœur, car cette voix qu'il avait

entendue, il avait cru la reconnaître
pour la voix de madame de Marville.

Le seul bon sentiment qui eût survécu
à tous les autres dans cette âme si complétement déchue, c'était l'amour qu'Eugène portait à sa mère.

Ce nétait peut-être pas ce sentiment
d'amour filial, à la fois reconnaissant et res-
pectueux, connu seulement des jeunes gens
élevés selon les anciennes et vénérables traditions de famille, et que tant de sots cherchent à ridiculiser, parce que, sentant combien eux-mêmes sont ridicules en présence
de tout ce qui est respectacle, ils croient,
en ricanant de tout, éviter qu'on ne rie à
leurs dépens.

Mais, enfin, c'était un bon sentiment.
Eugène était sincèrement attaché à sa mère.
Il lui confiait ses préoccupations, suivait
même parfois ses conseils, et avait à plusieurs reprises éprouvé de très-réelles et
très-graves inquiétudes quand madame
de Marville avait été atteinte de quelque
maladie.

Aussi, malgré toutes les représentations de son nouvel ami, se rendit-il dans la matinée à l'hôtel d'Ortigny.

En approchant, il chancela et faillit perdre connaissance...

La grande porte de l'hôtel était tendue de noir, et sur les draperies se détachait une M en argent.

Sous le porche on voyait un cercueil, et chaque personne venait jeter quelques gouttes d'eau bénite à la dépouille mortelle que l'âme avait abandonnée.

Eugène restait là, pâle, sans voix, ne songeant même pas à demander qui était mort.

Qui pouvait-ce être d'ailleurs ? Cette initiale ne le lui disait-elle pas ? L'angoisse qu'il avait éprouvée l'avant-veille ne lui avait-elle pas appris que sa mère venait de mourir... de mourir, tuée par lui au moment même où il s'apprêtait à commettre un nouveau crime pour se venger de Paul !

Un domestique de l'hôtel l'aperçut enfin et le fit entrer sans qu'il parût avoir conscience de ses actions. . . . .

Blanche et sa mère, toutes deux en grand deuil, lui adressèrent des paroles de consolation... Il n'entendit pas.

La journée se passa ainsi.

Le soir il monta seul dans la chambre qu'il avait occupée autrefois à l'hôtel d'Ortigny, et où il avait toujours conservé divers objets à son usage, tels que ses livres, des armes et des vêtements.

Au bout d'un quart d'heure il descendit dans les salons, où il trouva Paul auprès de madame d'Ortigny et de sa fille.

— Ecoutez-moi, dit-il, je suis maudit; j'ai tué ma mère...

On voulut lui imposer silence, croyant qu'il délirait.

— Non, reprit-il; vous aviez raison, Blanche, la justice divine frappe plus sûrement que la justice humaine; elle m'a condamné. Tout ce que Jacques a révélé est vrai; je suis un déshonneur pour ma famille, une honte pour la société...

Il s'arrêta un instant, puis reprit d'une voix mal assurée :

— Je suis un... parricide.., je me fais horreur à moi-même, je vais mourir... Adieu !

Il fit un pas vers la porte, mais Blanche le devança.

— Mourir? dit-elle d'une voix ferme ; oui, vous avez raison ; mieux vaut mourir que de traîner une existence honteuse. Mais mourir en lâche, par un suicide, serait une tache de plus! Votre mort doit, s'il est possible, racheter les fautes de votre vie. L'ennemi est en France ; c'est en défendant le sol natal que vous devez tomber. Vous n'avez pas le droit de disposer de votre existence quand elle peut être utile à votre pays, quand, en la sacrifiant, vous pouvez sauver celle d'un honnête homme...

— J'obéirai, fit Eugène courbant humblement la tête à ces dures paroles ; et je bénirai mon sort si Dieu, dans sa miséricorde, permet qu'en mourant je sauve la vie à un honnête homme.

. . . .

Peu de jours après, grâce à quelques amis influents, M. de Marville obtenait de se joindre à un régiment de cuirassiers.

. . . .

Et moins d'un mois plus tard, il trouvait, — hélas! en nombreuse compagnie— une

mort glorieuse dans les carrières de Rei-
choffen.

Dieu n'avait pas exaucé sa prière ; sa
mort n'avait pas sauvé l'existence d'un
honnête homme.

Mais lui-même était mort en honnête
homme. Pour les chrétiens, qui savent
combien est grande la miséricorde divine,
cette grâce permet d'espérer que le repentir de cet ouvrier de la dernière heure
aura porté ses fruits.

. . . .

Blanche d'Ortigny, devenue la femme de
son cousin Paul, ne passe pas un jour sans
prier pour Jacques Bernard.

Elle a fini par obtenir de sa mère que
celle-ci joignît ses prières aux siennes.

Jérôme, dit Bon-Garçon, est mort pendant la défense de Paris. Quant à Céline,
elle déclare ne pas vouloir se marier, et
reste jusqu'à présent, ainsi que sa mère,
au service des dames d'Ortigny.

FIN.

TABLE.

POITIERS. — TYPOGRAPHIE H. OUDIN FRÈRES.

Abrégé d'Histoire sacrée, contenant l'Ancien et le Nouveau Testament, *orné de plus de cent gravures sur bois*, représentant les principaux sujets bibliques, 2ᵉ édition, 1 joli volume in-12, cartonné, dos toile, couverture imprimée ornée d'une vignette.   1 fr. 50

Cet ouvrage a été approuvé et recommandé par NN. SS. les archevêques et évêques de Bordeaux, de Poitiers et de Port-d'Espagne.

ANNÉE LITURGIQUE, par le T.-R.P. Dom Prosper Guéranger, abbé de Solesmes. 9 vol. in-12 ont paru ; le volume,   3 fr. 75

Le Temps de l'Avent, 1 vol.

Le Temps de Noël, 2 vol.

Le Temps de la Septuagésime, 1 vol.

Le Temps du Carême, 1 vol.

Le Temps de la Passion, 1 vol.

Le Temps Pascal, 3 vol.

Cantiques des Missions, composés par le P. Grignon de Montfort, suivis des Exercices et Pratiques de piété de la Mission. 1 vol. in-12.   60 c.

Cantiques (Nouveau Recueil des meilleurs) pour les différentes circonstances de l'année, telles que Missions, Retraites, etc. 9ᵉ édition, augmentée, in-32 piqué.   20 c.

Le même (paroles et musique), in-18.   2 fr. »

Cantiques (Nouveau Recueil de) pour le Mois de Mai et pour toutes les fêtes consacrées à la sainte Vierge, in-32 piqué. 20 c.

CATÉCHISME DES VŒUX, à l'usage des personnes consacrées à Dieu dans l'état Religieux, par le P. Pierre Cotel, de la Compagnie de Jésus, 11ᵉ édition, soigneusement revue et augmentée. 1 joli vol. in-18.   40 c.

CATÉCHISME DES VŒUX (Explication du), par le même. 1 joli vol. in-12.   2 fr. »

Catéchisme de Bossuet, évêque de Meaux, nouvelle édition contenant le petit Catéchisme ou abrégé de la Doctrine chrétienne, 'e Catéchisme pour les enfants que l'on prépare à la première Communion, et le Catéchisme des fêtes. 1 vol. in-18.　1 fr. 50.

Catéchisme de Persévérance à l'usage de la jeunesse, 1 fort vol. in-12.　2 fr. »

Chemin de la Croix, ou Stations du Via Crucis. 1 vol. in-32 raisin en gros caractères, orné de 16 belles gravures.　90 c.

Le Chemin de la Croix de la Sainte Vierge, ou les XII Stations de la voie douloureuse de la Mère de Dieu, suivies chacune de prières générales et d'une prière particulière pour la France, par M. Alex. de Saint-Albin. Un vol. in-18.　2 fr. 25.

Combat spirituel, par le R. P. Laurent Scupoli, traduit en français par le P. J. Brignon, augmenté de la Messe et des Vêpres du Dimanche. 1 vol. in-32 raisin en gros caractères.　1 fr. »

Conduite pour passer saintement le temps de l'Avent, par le R. P. Avrillon, 1 vol. in-18.　80 c.

Conduite pour passer saintement le temps du Carême, par le R. P. Avrillon, 1 vol. in-32.　1 fr. »

CONFÉRENCES AUX MÈRES CHRÉTIENNES, par M. l'abbé Gay, vicaire général de Poitiers, 2 beaux volumes in-8°.　12 fr.

Conférences sur les Doctrines et les Pratiques les plus importantes de l'Église catholique, par Mgr N. Wiseman, évêque de Mellipotamos, traduites de l'anglais par M. l'abbé Jarlit, docteur en théologie, et précédées d'une introduction sur l'état actuel du Protestantisme. 2 vol. in-18 anglais.　6 fr.

Consolations spirituelles, ou Paroles tirées de l'Écriture sainte pour servir de consolation aux personnes qui souffrent, ouvrage posthume du R. P. Bouhours, de la Compagnie de Jésus, nouvelle édition. 1 vol. in-64.　50 c.

COURS ÉLÉMENTAIRE DE PHILOSOPHIE SPÉCULATIVE selon la méthode angélique de saint Thomas d'Aquin, par M. le chanoine Prisco, traduit de l'italien par M. l'abbé Huchedé, professeur au Grand-Séminaire de Laval. 1 fort volume in-12.

DE DEO CREANTE, sive de Auctore Naturalis Ordinis. Commentarius I.— De Creatione generatim auctore Clemente Schrader S. J. 1 beau volume in-8°.　6 fr. »

Dévotion aux saints Anges Gardiens, ou Association de la Bonne-Mort, 1 vol. in-32 carré.　30 c.

Drames bibliques, la Naissance de Notre-Seigneur Jésus-Christ, pastorale en un acte, et l'Adoration des Mages, drame en 4 actes, par la Sœur Marie F. D. de Sainte-Philomène, 2e édition, 1 volume in-12.　1 fr. »

LES DROITS DE DIEU ET LES IDÉES MODERNES, par l'abbé François Chesnel, vicaire général de Quimper. Cet ouvrage est revêtu de l'approbation de Sa Grandeur Monseigneur Pie, évêque de Poitiers. 2 beaux volumes in-8°.　10 fr. »

De la Souveraine et Infaillible autorité du Pape dans l'Église et dans les rapports avec l'État, par le R. P. Bottalla, de la Compagnie de Jésus, professeur à la Faculté de Théologie de Poitiers, 2 beaux volumes in-8o.

Les Émigrés, humaine comédie, poëme par M. E. de Fleury, ancien Recteur départemental, inspecteur honoraire d'Académie, officier de l'instruction publique.　3 fr.

Esprit et vertus du vénérable serviteur de Dieu Louis-Marie Baudouin, fondateur de la Société des Enfants de Marie Immaculée et de celle des Ursulines de Jésus dites de Chavagnes, par un Père de la Société des Enfants de Marie Immaculée, 2e édition, un beau volume in-12.　3 fr.

Essai sur l'Origine, la Signification et les Priviléges de la Médaille ou Croix de saint Benoit, par le R. P. Dom Guéranger, abbé de Solesmes, 1 vol. grand in-18, 6e édition.　1 fr. 20

Essai sur le naturalisme contemporain, par le même, 1 volume in-8o.　6 fr.

ÉTUDES SUR LES TEMPS PRIMITIFS DE L'ORDRE DE SAINT-DOMINIQUE. *Le Bienheureux Jourdain de Saxe,* par le R. P. Antonin Danzas, religieux du même Ordre, précédé d'une lettre de Sa Grandeur Mgr Pie, évêque de Poitiers, approuvé par Sa Grandeur Mgr de la Bouillerie, coadjuteur de l'archevêque de Bordeaux. 4 forts volumes in-8o.　20 fr.

Eugène Ricci, élève du collége des Nobles à Rome, et de l'école Sainte-Geneviève à Paris, élève de l'école des Mines, Jésuite, par le P. M.-G.-V. Delaporte, un beau volume in-18, sur papier teinté.　1 fr. 50

EXAMENS PARTICULIERS DE TRONSON (LES), appropriés à la vie religieuse, nouvelle édition revue et corrigée, 1 beau vol. in-12.　3 fr.

EXERCICES SPIRITUELS DE S. IGNACE, disposés pour une retraite de huit jours, par le R. P. Bellécius, avec la retraite de trois jours, du même auteur, traduits en français par M. L. Berthon, nouvelle édition, 1 vol. in-12.　3 fr.

EXERCICES DE SAINTE GERTRUDE (LES), Vierge et Abbesse de l'Ordre de Saint-Benoit, par le R. P. Dom Guéranger, abbé de Solesmes, 1 charmant vol. in-32, avec encadrement, tiré sur papier teinté. (Nouvelle édition sous presse.)

Explication du Pater et Élévations à Dieu, par sainte Thérèse, traduction par le P. Marcel Bouix, de la Compagnie de Jésus. 1 vol. in-32 jésus.　1 fr. 25

Femme forte (la), d'après les paroles de l'Écriture sainte, Conférences destinées aux femmes du monde, par Mgr Landriot, archevêque de Reims, 1 vol. in-18 jésus.　3 fr.

Femme pieuse (la), pour faire suite à la *Femme forte,* Conférences destinées aux femmes du monde, par Mgr Landriot, archevêque de Reims, 2 vol. in-18 jésus.　6 fr

Fleurs de la Passion. — Pensées de saint Paul de la Croix, fondateur des Passionnistes, cueillies dans les lettres du Saint, par le R. P. Louis de Th. de Jésus Agonisant, du même Institut, 1 vol. in-18.   1 fr. 20

Fleurs (les), Mois de Marie de l'Enfance et de la Jeunesse, avec une histoire pour chaque jour, par le R. P. Fonteneau, missionnaire de la Compagnie de Marie, ouvrage orné de 33 jolies vignettes représentant des fleurs. 1 volume in-32 raisin, broché.   1 fr.

Grandeurs (les) de la Mère de Dieu, par la Mère de Blémur, bénédictine du Très-Saint-Sacrement, nouvelle édition, revue et augmentée d'un Recueil d'Indulgences et de Prières en l'honneur de la sainte Vierge, par un Bénédictin de la Congrégation de France, 2 forts vol. in-12.   8 fr.

Guérison de Caroline Esserteau, Pèlerinage Niortais des 2 et 3 juillet 1873 à N.-D. de Lourdes. Relation adressée à S. G. Mgr l'Evêque de Poitiers par le Président du Pèlerinage. Ouvrage approuvé et recommandé par Sa Grandeur Monseigneur Pie, évêque de Poitiers (seconde édition), un beau volume in-12.   1 fr. 50

GUIDE DE L'ART CHRÉTIEN, Études d'Esthétique et d'Iconographie, par M. le comte Grimoüard de Saint-Laurent. Magnifique édition, contenant plus de 150 gravures intercalées dans le corps de l'ouvrage et plus de 100 planches hors texte, par MM. Octave de Rochebrune, Léon Gaucherel, Giuseppe Pazzi, etc. 6 beaux volumes grand in-8º.   60 fr.

GUIDE (LA) DES SUPÉRIEURES, ou Avis à une Supérieure sur les moyens de se bien conduire dans la Supériorité et de bien conduire les autres, par Mme Fleuret, Religieuse, nouvelle édition, revue et corrigée avec soin par M. L. Berthon, 1 vol. in-18.   2 fr.

Heures des Dames de Charité et de toutes les personnes qui s'occupent des pauvres, par Mlle Blanche de Rosarnoux, approuvé par Mgr l'Archevêque de Rennes et par Mgr l'Evêque de Saint-Brieuc, 1 joli vol. in-32 jésus.   1 fr. 20

Histoire de saint Paul de la Croix, par le R. P. Louis, Passionniste. 1 vol. in-8°.   6 fr.

Histoire de sainte Radegonde, Reine de France au iv⁰ siècle et patronne de Poitiers, par M. E. de Fleury, avec portrait de la Sainte et gravures, 1 beau vol. in-8º.   3 fr.

Histoire d'Alphonse et du comté de Poitou, par M. Bélisaire Ledain, 1 vol. in-8°.   6 fr.

Historiens (Recueil des) des Gaules et de la France, commencé par les Bénédictins de la Congrégation de Saint-Maur, continué par l'Académie des inscriptions et belles-lettres, sous la direction de M. Léopold Delisle, 23 splendides volumes in-folio, imprimés sur beau papier vergé. Chaque volume.   50 fr.

Edités par V. PALMÉ, Imprimé par H. OUDIN frères, à Poitiers.

11 volumes sont en vente.

Imitation de Jésus (de l'), par Thomas à Kempis, chanoine régulier de l'Ordre de Saint-Augustin, traduction nouvelle, avec une introduction sur la vie de l'admirable serviteur de Dieu, Thomas à Kempis, et sur son livre de l'Imitation de Jésus-Christ, par le P. Marcel Bouix, de la Compagnie de Jésus. 1 beau vol. grand in-8°, avec encadrement et gravure. 7 fr.

La même, avec pratiques et prières, 1 vol. in-32 jésus, imprimé avec des caractères très-lisibles. 1 fr. 60

Imitation de la très-sainte Vierge, augmentée de la Consécration au Sacré-Cœur de Jésus, de prières diverses, d'hymnes en latin et en français et des Litanies de la Passion de N.-S. J.-C., 1 vol. in-32 raisin, gros caractères.

Inventions du saint Amour, ou Exercices spirituels pour acquérir le Divin Amour de Jésus Crucifié, par le R. P. Louis Th. de Jésus Agonisant, Passionniste, 1 joli vol. in-18. 1 fr. 20

La Légitimité et le Progrès, par un économiste, 1 vol. in-8° broché. 1 fr. 50

Lettres de la Révérende Mère Marie de Jésus du Bourg, fondatrice et première Supérieure générale de la Congrégation du Sauveur et de la Sainte-Vierge, 2 forts vol. in-8°. 10 fr.

Lettres sur les prophéties modernes, et concordance de toutes les prédictions jusqu'au règne de Henri V inclusivement, par M. l'abbé E. Chabauty, chanoine honoraire d'Angoulême, curé de Saint-André de Mirebeau-de-Poitou, 2e édition, un joli volume in-12. 1 fr.

Libre-penseur et Catholique, par M. G. Andel, 1 vol. in-12. 2 fr.

Livre d'Or (le), ou l'Humilité en pratique pour conduire à la perfection chrétienne, utile à tous les fidèles, suivi de la Vie de Foi, 1 vol. in-32 carré. 30 c.

Lyre de saint Joseph, Cantiques pour le mois de mars, à deux et à trois voix, paroles par M. l'abbé E.-L. Rosière, musique par plusieurs auteurs, 1 beau vol. in-8° couronne. 3 fr.

Le même, paroles seules, 1 vol. in-18, seconde édition. 50 c.

MANUALE TOTIUS JURIS CANONICI, totius juris canonici, auctore D. Craisson, quondam vicario generali RR. DD. Chatrousse, episcopi Valentinensis, 4 vol. in-12, brochés. 48 fr.

Manuel de la Confirmation, contenant l'exposé complet de la doctrine catholique sur ce Sacrement, avec la Messe du Saint-Esprit et l'ordre pour administrer la Confirmation, en latin et en français, suivi de l'explication détaillée de toutes les cérémonies, par M. l'abbé Morisson, chanoine de la cathédrale de Poitiers, approuvé par S. G. Mgr l'évêque de Poitiers, 1 vol. in-32 raisin. 80 c.

Manuel Eucharistique, par l'abbé P. A. L. curé doyen de S. S. 1 joli vol. in-32. 1 20.

Manuel du jeune serviteur des saints Anges, nouvelle édition, 1 beau vol. in-32 raisin. 1 fr. 20

Manuel de médecine et de chirurgie à l'usage des Sœurs hospitalières et des personnes qui visitent les malades, 2 vol. in-8o.　　　　　　　　　　　　　　　　　　　　　　　　10 fr.

Manuel de prières à l'usage des gens du monde, par Mme la baronne Laurenceau, approuvé par Mgr l'archevêque de Bourges et NN. SS. les évêques de Poitiers et d'Orléans, un joli volume in-16 carré, tiré en caractères elzéviriens sur papier chamois ; prix, broché,　　　　　　　　　　　　　　　　　　　　　　　　4 fr.

Marie modèle de la dévotion au Saint-Sacrement, par M. M***, 1 joli volume in-32 raisin, tiré sur papier vergé teinté.　　80 c.

LE MARTYROLOGE ROMAIN, publié par l'ordre de Grégoire XIII (traduction française), par MM. J. Carnaudet et J. Fèvre. 1 beau volume grand in-8o.　　　　　　　　　　　　　　　10 fr.

Méditations sur les Évangiles de l'année et sur les Fêtes de Notre-Seigneur, de la sainte Vierge et des Saints, par le P. Médaille, nouvelle édition, 1 vol. in-32.　　　　　　　　　　　　60 c.

MÉDITATIONS SUR LES MYSTÈRES DE LA FOI, ET SUR LES EPITRES ET EVANGILE, tirées de l'Écriture sainte et des Pères, distribuées pour tous les jours et fêtes de l'année, par un solitaire de Sept-Fonts, nouvelle édition, revue et corrigée par M. L. Berthon, avec une table indiquant les points de chacune des Méditations, 2 vol. in-12.　　　　　　　　　　　4 fr.

MÉMOIRES SUR LA VIE, LES MALHEURS, LES VERTUS DE TRÈS-HAUTE ET TRÈS-ILLUSTRE PRINCESSE MARIE-FÉLICE DES URSINS, épouse et veuve du duc Henri II de Montmorency, décédée en odeur de sainteté, religieuse du monastère de la Visitation de Moulins-sur-Allier, troisième de l'Ordre, d'après les chroniques de la Visitation, par Mgr Fliche, prélat de la maison du Saint-Père, chanoine de Troyes, 2 volumes in-8o.　　10 fr.

Méthode de Plain-Chant, par M. l'abbé Charbonneau, professeur au petit-séminaire de Montmorillon, publiée pour l'exécution du chant suivi dans les éditions de Rennes, adoptées dans toute la province de Bordeaux, nouvelle édition, 1 vol. in-12.　　50 c.

Méthode pour converser avec Dieu, suivie du bon emploi du temps, par le P. Michel Boutault, de la Compagnie de Jésus, nouvelle édition par un Père de la même Compagnie, 1 vol. in-32.
　　　　　　　　　　　　　　　　　　　　　　　　80 c.

Metz, par M. le commandant Max Thomas, 1 vol. in-8o.　8 fr.

Le Mois de Mai sanctifié par la dévotion à la Bonne Mère, ou Marie modèle des vertus chrétiennes, avec un exemple et une prière pour chaque jour, par l'abbé Ch. Fauchereau, curé de Gizay. — 1 vol. in-24, de XII-204 pages.　　　　　　　　　　　1 fr.

Mois de Marie de la Très-Sainte Vierge et de la sainte Église dans les mystères divins, nouveau Mois de Marie, avec méditations exemples et pratiques, par M. l'abbé Garnié, curé de Saint-Georges, 1 joli volume in-12 broché.　　　　　　　　　2 fr. 50 c.

Fleurs (les), Mois de Marie de l'Enfance et de la Jeunesse, avec une histoire pour chaque jour, par le R. P. Fonteneau, 1 vol. in-32 raisin.

Marie modèle de la Dévotion au Saint-Sacrement, par M. M***, 1 charmant petit vol. in-32 raisin, tiré sur papier vergé teinté   80 c.

Mois de Marie (Petit), augmenté de Cantiques à la sainte Vierge, approuvé par Mgr l'archevêque de Rennes, 4e édition, 1 vol. in-32.   40 c.

MOIS DE MARIE DES VERTUS : Toutes les principales vertus chrétiennes, enseignées par d'excellents auteurs, pratiquées par Marie et par les Saints, et que nous devons reproduire en notre propre conduite, par M. l'abbé X... in-32 raisin.   1 fr.

Mort chrétienne (la), ou Moyen de s'assurer la grâce d'une bonne mort, par le R. P. Bellécius, de la Compagnie de Jésus, traduite par M. L. Berthon, chanoine honoraire du diocèse de Poitiers, 1 vol. in-12.   2 fr. 50 c.

Mot à Mot du Catéchisme, ou Explication littérale et raisonnée de la doctrine chrétienne, par M. l'abbé J.-C. Hervieu, 1 fort volume in-12.   3 fr.

Noëls (Nouveau Recueil des plus beaux), 1 vol. in-12.   50 c.

ŒUVRES DE MGR L'ÉVÊQUE DE POITIERS, nouvelle édition, 8 beaux volumes in-8° imprimés sur joli papier glacé, brochés.   56 fr.

Le tome 8e de cet ouvrage vient de paraître; il terminera la première série des Œuvres de l'illustre Prélat, embrassant vingt-cinq années de son épiscopat et contient les tables analytiques et d'Ecriture Sainte de la série entière.

Pour faciliter à MM. les ecclésiastiques l'acquisition de ce précieux ouvrage, nous leur accorderons des délais de payement exceptionnels.

Œuvres choisies du Vénérable Serviteur de Dieu Louis-Marie Baudouin, 2 vol. in-18 jésus.   6 fr.

Les Origines de l'Église romaine, par le T. R. P. Dom Guéranger, abbé de Solesmes, 1 beau vol. in-4°.   10 fr.

Ouvrier (l') dans la société chrétienne, par Alex. de Saint-Albin, étude qui, au concours de Doudeauville, a remporté le prix proposé par l'Union des Œuvres ouvrières, 1 vol. in-18; prix : 60 c.

Ouvrier (l') économiste, ou Causeries d'économie publique et de morale, par L. d'Armailhac, 1 vol. in-18.   50 c.

Politique chrétienne (la), par M. Coquille, rédacteur du journal le Monde, 1 fort vol. in-8°.   6 fr.

PRATIQUE DE LA PERFECTION CHRÉTIENNE, par le R. P. Alphonse Rodriguez, traduite de l'espagnol par l'abbé Régnier Desmarais, nouvelle édition, 4 vol. in-12.   6 fr.

Prières à Marie, exclusivement empruntées aux Saints, par la R. Mère Colombe de la Croix, 1 joli vol. in-32 raisin.   1 fr. 20

Prières et Cérémonies pour la consécration d'un évêque, in-32, broché. 30 c.

Quatre Fins de l'Homme (les), avec des Réflexions capables de toucher les pécheurs les plus endurcis et de les ramener dans la voie du salut, par M. L. Rouault, édition revue et corrigée par M. Collet, prétre de la Congrégation de la Mission, 1 vol. in-32 carré. 50 c.

Recueil des prières indulgenciées à saint Joseph, contenant les Confréries établies, les Offices de l'Église célébrés en son honneur et des Prières diverses, par M. E.-L. Rosière, aumônier à Poitiers, auteur de la *Lyre de saint Joseph*, 1 vol. in-32 raisin. 2e édition. 80 c.

Religion en action (la), théâtre de la jeunesse, drames, pastorales, tragédies, comédies-vaudevilles, chants pour les distributions de prix, fêtes des supérieurs, et autres solennités, par M. l'abbé Estève, ancien aumônier du lycée de Poitiers. (V. Théâtre de la jeunesse.)

REVELATIONES GERTRUDIANÆ AC MECHTILDIANÆ.

I. — Sanctæ Gertrudis Magnæ Virginis Ordinis Sancti Benedicti *Legatus divinæ pietatis.* Accedunt ejusdem *Exercitia Spirtualia.* Opus ad codicum fidem nunc primum integre editum Solesmiensium O. S. B. Monachorum cura et opera.

II. — Sanctæ Mechtildis Virginis O. S. Benedicti, *Liber specialis gratiæ.* Accedit sororis Mechtildis *Lux fluens divinitatis.*

Deux forts volumes petit in-4°. Edition imprimée avec grand luxe sur papier vergé, en caractères elzéviriens. 40 fr.

Rituel des premières communions et Trésor des âmes pieuses dans la fréquentation des Sacrements de Pénitence et d'Eucharistie, par l'abbé J.-C. Hervieu, chanoine de Coutances et supérieur des Carmélites.

1 vol. in-18. 1 fr. 50 c.

Roi des centrois (le), récits du temps de Jules César, par M. Arthur Ponroy, 1 vol. in-8°, broché. 6 fr.

Saint Martin et son monastère de Ligugé, par le R. P. Dom Chamard, Bénédictin de la Congrégation de France à l'abbaye de Ligugé, 1 fort vol. in-12. 3 fr.

SECRET (LE) DE MARIE DÉVOILÉ A L'AME PIEUSE, par le V. P. Louis-Marie Grignion de Montfort, 1 vol. in-18. 20 c.

Sépulture ecclésiastique (de la), d'après les SS. canons et la loi civile en France, avec trois appendices : 1° sur les indulgences *in articulo mortis* ; 2° sur les bénédictions ; 3° sur les présences ; par M. l'abbé Craisson, ancien vicaire général, in-12, broché. 1 fr. 50 c.

SOLIDE VERTU (LA), par le R.P. Bellécius, 1 vol. in-12. 3 fr.

Souvenirs de Jérusalem, par le R. P. Rigaud, Oblat de Saint-Hilaire, auteur des *Souvenirs de Rome*, 1 vol. in-18 jésus. 2 fr. 50 c.

Religion en action (la), théâtre de la jeunesse, drames, pastorales, tragédies, comédies-vaudevilles, chants pour distributions de prix, fêtes des supérieurs, et autres solennités, par M. l'abbé Estève, ancien aumônier du lycée de Poitiers.

SÉRIE A 60 CENTIMES

Moïse sauvé des eaux. — La Fille de Jephté. — Anna la prophétesse. — Les Bergères de la Palestine au temps du Messie. — Eustache, martyr. — Lucie, vierge et martyre. — Chants pour distribution de prix. — Clotilde, ou la Conversion des Francs. — Ingelburge, ou l'Épouse chrétienne. — La Vraie Religion. — Sacre de Mgr Cousseau, évêque d'Angoulême. — Azémia, ou la Charité chrétienne. — La Réparation, ou la Rencontre providentielle. — Alséna, ou la Prise de Jéricho. — Poésies diverses.

SÉRIE A 80 CENTIMES

Pélage, ou la Croix affranchie. — La Bonne Demoiselle, ou le Voyage en Terre-Sainte. — Magdalena, ou la Petite Fille corrigée. — Le double Sacrifice, ou la Vertu récompensée. — Le retour de Tobie, drame sacré en 3 tableaux in-18. — La petite Saltimbanque, en 3 actes ou tableaux.

THEOLOGIA GENERATIM COMMENTARIUS (DE), in sacram Theologiam εἰσαγωγή, auctore Clemente Schrader, de la Compagnie de Jésus, ancien professeur au Collége romain, 1 beau volume grand in 8o. **6 fr.**

THESES THEOLOGICÆ, quas R. P. Clemens Schrader, Societatis Jesu in Vindobonensi Academia sinopsis instar auditoribus tradidit.

—	—	Series I. 1 vol. in-4o.	2 fr. 50
—	—	Series II. Accedit de prædestinatione commentarius I. 1 vol. in-4o.	2 fr. 50
—	—	Series III. Accedit de prædestinatione commentarius II. 1 vol. in-4o.	2 fr.
—	—	Series IV. Accedit de prædestinatione commentarius III. 1 vol. in-4o.	2 fr.
—	—	Series V. Accedit de gratia actuali commentarius. 1 vol. in-4o.	2 fr. 50
—	—	Series VI. Accedit de fide utrum imperari ea possit deque libertate conscientiæ commentarius dogmaticus. 1 vol. in-4o.	4 fr.
—	—	Series VII. Accedit commentarius de hominum societate generatim. 1 vol. in-4o.	2 fr.
—	—	Series VIII. Accedit de prædestinatione commentarius IV. 1 vol. in-4o.	2 fr.

TRAITÉ DE L'AMOUR DE DIEU, par saint François de Sales, évêque et prince de Genève, édition revue et publiée par le P. Marce. Bouix, de la Compagnie de Jésus, 1 vol. in-18 jésus. **2 fr. 50 c.**

Traité de l'éducation chrétienne des enfants, composé, à la demande de saint Charles Borromée, par le Cardinal Sylvio Antoniano, traduit de l'italien par Ph. Guignard ; ouvrage honoré d'un Bref de Sa Sainteté Pie IX, approuvé et recommandé par NN. SS. les archevêques et évêques d'Avignon, Sens, Montauban, Moulins, Dijon, Poitiers, Arras et Bruges ; 2e édition, 1 fort vol. in-12. 3 fr.

TRAITÉ DE LA VIE SPIRITUELLE, par le B. Vincent Ferrier, de l'Ordre des Frères-Prêcheurs, avec des commentaires sur chaque chapitre par la M. Julienne Morell, Religieuse du même Ordre. Nouvelle édition par le R. P. Matthieu-Joseph, des Frères-Prêcheurs, 1 beau volume in-32 jésus. 2 fr.

TRAITÉ DE LA VRAIE DÉVOTION A LA SAINTE VIERGE, par le vénérable serviteur de Dieu Louis-Marie Grignion de Montfort, instituteur de la Congrégation de Marie et de celle des Filles de la Sagesse, ouvrage publié par les soins d'un Directeur du Séminaire de Luçon, 1 volume in-18, 7e édition. 1 fr.

Usages du monde (les), ou ce qui s'observe dans la bonne compagnie, par M. Bourgeau, 1 vol. in-18 raisin. 1 fr.

VIE (DE LA) ET DES VERTUS CHRÉTIENNES CONSIDÉRÉES DANS L'ÉTAT RELIGIEUX, par M. l'abbé Charles Gay, chanoine théologal et vicaire général de Poitiers, supérieur de plusieurs communautés religieuses. Ouvrage approuvé par Mgr l'Evêque de Poitiers et recommandé par Nosseigneurs les Archevêques de Malines, de Tours, de Perga (coadjuteur de Son Eminence le cardinal Archevêque de Bordeaux), de Bourges, et les Evêques de Tulle, de Mende, de Saint-Claude, d'Angers, d'Autun, de Moulins et d'Hébron (vicaire apostolique de Genève), 2 beaux volumes grand in-8º, édition de luxe sur papier vergé. 12 fr.

Le même, cinquième édition, enrichie de Tables analytiques, 3 beaux volumes in-12. 10 fr. 50

VIE DE SAINT JOSAPHAT KUNCEWICZ, archevêque de Polock du rite grec, et l'Egilse grecque en Pologne, par le R. P. Dom Guépin, Religieux bénédictin de la Congrégation de France, 2 vol. grand in-8º. 12 fr.

Vie de saint Paul de la Croix, par le R. P. Louis, Passionniste, 1 beau vol. in-8º, avec portrait du Saint. 6 fr.

Vie de saint Turibe, archevêque de Lima et apôtre du Pérou, par le R. P. Dom Bérengier, moine bénédictin de la Congrégation de France, 1 fort vol. in-12. 2 fr. 50

Vie du R. P. Charles-Isidore Baizé, Supérieur de la Congrégation des Enfants de Marie-Immaculée, du Petit-Séminaire de Chavagnes-en-Paillers (Vendée), approuvé par S. G. Mgr l'évêque de Luçon, 2 vol. in-18 jésus. 4 fr.

Vie du vénérable serviteur de Dieu Louis-Marie Baudouin, fondateur de la Société des Enfants de Marie-Immaculée et de celle des Ursulines de Jésus dites de Chavagnes, par un Père de la Société des Enfants de Marie-Immaculée, approuvé par S. G. Mgr l'évéque de Luçon, 1 fort volume in-12. **2 fr. 50**

Vie du bon Père André-Hubert Fournet, fondateur et premier supérieur général des Filles de la Croix dites Sœurs de Saint-André, par le R. P. Rigaud, 1 vol. in-18 jésus. **3 fr.**

Vie du Père Henri-Adolphe Gaillard, fondateur de la Congrégation des Filles de Sainte-Philomène et de la colonie agricole de Salvert, par le R. P. Rigaud, Oblat de Saint-Hilaire, chanoine de Poitiers, un beau volume in-12. **2 fr.**

VIE DU VÉNÉRABLE LOUIS GRIGNION DE MONTFORT, fondateur des missionnaires de la Compagnie de Marie et des Filles de la Sagesse, par M. l'abbé Pauvert, curé de Saint-Jacques de Châtellerault, chevalier de la Légion-d'Honneur, un fort vol. in-8°. **6 fr.**

Vie de Henri Dorie, prêtre de la Société des Missions-Étrangères, décapité pour la foi en Corée, le 8 mars 1865, écrite par l'abbé Ferdinand Baudry, correspondant du ministère pour les travaux historiques. 1 joli vol. in-18 jésus, avec titre rouge et noir, et orné du portrait du Martyr. **2 fr.**

VIE ET CORRESPONDANCE DE J. THÉOPHANE VÉNARD, prêtre de la Société des Missions-Étrangères, décapité pour la foi au Tong-King le 2 février 1861, avec portrait et fac-simile de son écriture, augmenté du discours d'anniversaire prononcé à Saint-Loup par Mgr l'Evêque de Poitiers, 2e édition, 1 vol. in-18 jésus. **2 fr. 50**

Vie de la Bonne Sœur Elisabeth (Jeanne-Marie-Lucie Bichier des Ages), fondatrice et première Supérieure Générale des Filles de la Croix dites Sœurs de Saint-André, par le R. P. Rigaud, Oblat de Saint-Hilaire, chanoine honoraire de Poitiers, auteur des *Souvenirs de Rome* et des *Souvenirs de Jérusalem,* 1 vol. in-18 jésus, avec portrait de la Bonne Sœur. **3 fr.**

Vie de la Révérende Mère de Trenquelléon, fondatrice et première Supérieure de l'Institut des Filles de Marie, avec ses Avis spirituels et ses Lettres, par un Bénédictin de la Congrégation de France, 1 beau vol. in-18 jésus. **2 fr. 50**

Vie des Saints, suivant le Missel et le Martyrologe romain, pour tous les jours de l'année, avec une Prière et des Pratiques pour chaque jour et des Instructions sur les Fêtes Mobiles. — Nouvelle édition entièrement refondue et considérablement augmentée, approuvée par S. G. Mgr l'Evêque de Poitiers, 1 vol. in-12. **1 fr. 80**

Vie des Saints de l'Eglise de Poitiers, avec des Réflexions et des Prières à la fin de chaque Vie, par l'abbé Auber, chanoine de Poitiers, historiographe du diocèse, 1 vol. in-32 raisin **80 c.**

Visites au Saint-Sacrement et à la sainte Vierge, par saint Liguori, suivies de Pratiques pour les Visites, d'Aspirations affectueuses à Jésus-Christ, de Méditations et de Prières à la sainte Vierge, nouvelle édition complète, 1 vol. in-32 in, gros caractères. **1 fr.**

COLLECTION DE BONS LIVRES

POUR LA JEUNESSE ET LES BIBLIOTHÈQUES PAROISSIALES.

Actes de la Captivité et de la mort de cinq Pères de la Compagnie de Jésus, par le R. P. de Ponlevoy, 1 vol. in-12. **2 fr.**

AIMÉE, par Henri de Croisy, in-12. **2 fr.**

Banque du Diable (La), par E. de Margerie, in-12. **2 fr.**

Berthilde, ou les Origines chrétiennes de la France, par lle d'Arvoir, in-12. **2 fr.**

Capitaine Gueule d'Acier, par Ch. Buet, in-12. **2 fr.**

CAUSERIES, par Mlle Thérèse Alphonse-Karr, ancienne directrice du *Conseiller des Familles*, 1 joli volume in-18 jésus. **2 fr.**

Château de S. Hippolyte, par E. de Margerie, in-12. **2 fr.**

Les Emigrés, humaine comédie, poëme par M. E. de Fleury, ancien Recteur départemental, inspecteur honoraire d'Académie, officier de l'instruction publique. **3 fr.**

Enfants Nantais, par G. d'Ethampes, in-12. **2 fr.**

Eugène Ricci, élève du collége des Nobles à Rome et de l'école Sainte-Geneviève à Paris, élève de l'école des Mines, Jésuite, par le P. M. G. V. Delaporte, un beau vol. in-18, sur papier teinté. **1 fr. 50**

EVEN LE MONADICH, par Mademoiselle Gabrielle d'Ethampes, in-12. **2 fr.**

LA FAMILLE DANGLAS, par H. de Croisy, in-12. **2 fr.**

Gentilshommes de la Cuiller (Les), roman historique, par Charles Buet. 1 vol. in-12. **2 fr. 50**

Guérison de Caroline Esserteau, Pèlerinage Niortais des 2 et 3 juillet 1873 à N.-D. de Lourdes. Relation adressée à S. G. Mgr l'Evêque de Poitiers par le Président du Pèlerinage. 1 vol. in-12. 2e édition. **1 fr. 50**

HENRIETTE, étude de mœurs, par H. de Croisy, 1 volume in-12. **2 fr**

Histoire de la conquête du Mexique, par Antonio de Solis. Traduite de l'espagnol par M. de Toulza, avec carte, introduction et notes. 3 vol. in-12. **3 fr. 50**

L'Hôtellerie du prêtre Jean, par Ch. Buet, 1 vol. in-12. **2 fr.**

IRÉNE, par Etienne Marcel, 4 joli vol. in-18 jésus.

Ivan le terrible, roman historique russe, traduit par le prince
A. Galitzin. 4 vol. in-12.   3 fr. 50

Ivanhoé de Walter Scott, par Jumin, in-12.   2 fr.

Landry, par Raoul de Navery, in-12.   2 fr.

Légendes de l'atelier (Les), par Maurice Le Prévost. 1 vol.
in-12.   1 fr.

Le Sueur (Eustache), par M. L. Vitet, de l'Académie française. 1 vol. in-12.   1 fr.

Lettres à un jeune homme, par E. de Margerie, in-12. 2 fr.

Lingots d'argent (Les), par Mendoza de Vivès. Traduit de l'espagnol par M. J. Turck. 1 vol. in-12.   80 c.

Lutins Norwégiens, par Mme L. Rousseau. in-12.   2 fr.

Madeleine Miller, par R. de Navery, in-12.   2 fr.

LE MARI DE LAURENCE, par Mme Claire de Chandeneux,
4 vol. in-12.   2 fr.

Marie la Muette, par G. d'Ethampes, in-12.   2 fr.

Marquis de Montcalm, par le R. P. Martin, de la Cie de Jésus,
in-12.   2 fr.

35 Martyrs du Japon (Les 205), béatifiés par Pie IX en 1867.
Notice par le P. Boéro, de la Compagnie de Jésus ; traduction du
P. Aubert, de la même Compagnie. 1 vol. in-12.   1 fr.

Mémoires d'un enfant pauvre, par N. Noble. in-12. 2 fr.

Mémoires de Madame la Marquise de la Rochejacquelein,
2 volumes in-12 ornés de gravures et de portraits.   6 fr.

Metz, par M. le commandant Max Thomas. 4 vol. in-8°. 2 fr.

Moines en Gaule (Les), par M. le comte de Montalembert, de
l'Académie Française. 4 vol. in-12.   4 fr.

Morale chrétienne expliquée par un père à ses enfants, par
M Mignard. in-12.   2 fr.

Mouette des rochers et Marc, par Mademoiselle le Bourgeois.
in-12.   2 fr.

Ouvrier (L') vendeen, par Paulin. in-12.   2 fr.

Du Pape, par de Maistre. in-12.   2 fr.

Paul et Cécile, par Charles Dubois. in-12.   2 fr.

Paul et Jeanne, par le même. in-12.   2 fr.

La Petite Concierge, par Mlle Monniot, 4 vol. in-12. 2 fr. 50

Philosophie du Ruisseau (La), par M. Maurice Le Prévost. 4
vol. in-12.   1 fr.

Vie (la) en famille, par Mlle Fleuriot, 1 vol. in-12.   **2 fr.**

Vie réelle (la, par Mme Bourdon, 1 vol. in-12, broché.   **2 fr.**

Vie de saint Turibe, archevêque de Lima et apôtre du Pérou par le R. P. Dom Bérengier, moine bénédictin de la Congrégation de France, 1 fort vol. in-12.   **2 fr. 50**

Vie de Sainte Germaine, bergère de Pibrac, suivie d'une neuvaine de prières et de quelques chants en son honneur, par un Père de la Société de Marie, avec l'approbation de Mgr l'évêque de Luçon, 2e édition in-18.   **80 c.**

Vie de Henri Dorie, prêtre de la Société des Missions-Etrangères, décapité pour la foi en Corée, le 8 mars 1865, écrite par l'abbé Ferdinand Baudry, correspondant du ministère pour les travaux historiques, 1 joli vol. in-18 jésus, avec titre rouge et noir, et orné du portrait du Martyr.   **2 fr.**

Vie du bon Père André-Hubert Fournet, fondateur et premier supérieur général des Filles de la Croix dites Sœurs de Saint-André, par le R. P. Rigaud, 1 vol. in-18 jésus.

Vie du Père Henri-Adolphe Gaillard, fondateur de la Congrégation des Filles de Sainte-Philomène et de la colonie agricole de Salvert, par le R. P. Rigaud, Oblat de Saint-Hilaire, chanoine de Poitiers, un beau volume in-12.   **2 fr.**

Vie et correspondance de J. Théophane Vénard, prêtre de la Société des Missions-Etrangères, décapité pour la foi au Tong-King le 2 février 1861, avec portrait et *fac-simile* de son écriture, augmenté du discours d'anniversaire prononcé à Saint-Loup par Mgr l'Evêque de Poitiers, 2e édition, 1 vol. in-18 jésus. **2 fr. 50.**

Vie de la Bonne Sœur Elisabeth (Jeanne-Marie-Lucie Bichier des Ages), fondatrice et première Supérieure Générale des Filles de la Croix, dites Sœurs de Saint-André, par le R. P. Rigaud, Oblat de Saint-Hilaire, chanoine honoraire de Poitiers, auteur des *Souvenirs de Rome* et des *Souvenirs de Jérusalem*, 1 vol. in-18 jésus, avec portrait de la Bonne-Sœur.   **3 fr.**

Vie de la Révérende Mère de Trenquelléon, fondatrice et première Supérieure de l'Institut des Filles de Marie, avec ses Avis spirituels et ses Lettres, par un Bénédictin de la Congrégation de France, 1 beau vol. in-18 jésus.   **2 fr. 50**

Vie des chrétiens illustres, depuis la prédication des apôtres jusqu'à l'invasion des barbares, par M. Marty, ancien recteur d'Académie. 5e édition. 1 vol. in-12.   **2 fr.**

Lecture des plus attrayantes, et véritable modèle d'hagiographie populaire.

Vie des saintes et des bienheureuses, pour tous les jours de l'année, par Collin de Plancy. 2 volumes in-12.   **4 fr.**

VISIONS D'OR (Les), suivi de Madeleine de Payseran, Régina, le Testament de ma tante, par Claire de Chandeneux, 1 joli volume in-18 jésus. **2 fr.**

Vraies Perles (Les), par Mme Lesguillon. In-12. **2 fr.**

YVA ET YVETTE, par Gabrielle d'Ethampes, 1 joli vol. in-18 jésus. **2 fr.**

POITIERS. — TYPOGRAPHIE H. OUDIN FRÈRES.

www.ingramcontent.com/pod-product-compliance
Lightning Source LLC
Chambersburg PA
CBHW050144030726
47505CB00005B/1230